D1149256

COLLECTION FOLIO

Tonino Benacquista

Le serrurier volant

Illustré par Tardi

Gallimard

Texte de Tonino Benacquista
sur une idée de Jacques Audiard et Tonino Benacquista.

Après avoir exercé divers métiers qui ont servi de cadre à ses premiers romans, **Tonino Benacquista** construit une œuvre dont la notoriété croît sans cesse. Après les intrigues policières de *La maldonne des sleepings* et de *La commedia des ratés*, il écrit *Saga* qui reçoit le Grand Prix des lectrices de *Elle* en 1998, et *Quelqu'un d'autre*, Grand Prix RTL-Lire en 2002.

Scénariste pour la bande dessinée (*L'outremangeur, La boîte noire*, illustrés par Jacques Ferrandez) et pour le cinéma, il écrit avec Jacques Audiard le scénario de *Sur mes lèvres*, et de *De battre mon cœur s'est arrêté*, qui leur vaut un César en 2002 et 2006.

Auteur de la série à succès *Les aventures extraordinaires d'Adèle Blanc-Sec*, dont la parution débute en 1976 et compte aujourd'hui neuf tomes, **Jacques Tardi** a également collaboré avec plusieurs romanciers, notamment Daeninckx, Vautrin, Pennac, Manchette, Siniac ou encore Benacquista. Il a aussi adapté certains *Nestor Burma* de Léo Malet, et illustré *Voyage au bout de la nuit* et *Mort à crédit* de Louis-Ferdinand Céline. Ses travaux les plus remarquables sont ceux consacrés au conflit de 1914-1918, où il dévoile une vision profondément lucide de la condition humaine.

Marc s'était toujours contenté de ce qu'il avait et n'aspirait à rien de mieux que ce qu'il était déjà : un homme ordinaire. Très tôt, il s'était avoué son goût pour la tranquillité et avait laissé aux autres leurs rêves de démesure. Jour après jour, il sculptait sa vie avec la patience de l'artisan qui sait que dans les objets les plus simples on trouve aussi de la belle ouvrage.

D'ailleurs, d'où venait cette dictature des passions, des destins exceptionnels ? Qui avait décrété qu'il fallait choisir entre l'exaltation et la mort lente ? Qui s'était pris à ce point pour Dieu en affirmant que Dieu vomissait les tièdes ? Derrière chaque ambitieux, Marc voyait un donneur de leçons qu'il laissait libre de courir après ses grandes espérances. Lui ne demandait qu'à passer entre les gouttes, et à se préserver de la frénésie de ses contemporains. Si le monde courait à sa perte, il refusait d'en être le témoin.

Quand il s'interrogeait sur sa propre existence, les termes qui lui venaient à l'esprit n'étaient pas littéraires mais mathématiques. Il ramenait son quotidien à une équation qui englobait tous les paramètres de sa vie : santé, confort, fréquence des rapports sexuels, soucis professionnels, joies et peines du célibat, petits plaisirs de toutes sortes. Chaque soir, avant de se coucher, il combinait entre elles toutes ces composantes, et, si la somme était positive, il s'endormait en paix et reprenait des forces afin de mieux résoudre l'équation du lendemain.

S'il était d'accord pour dire que l'on juge un homme

sur ses choix, il examinait peu les siens, incapable d'expliquer certains paradoxes. Marc respectait les humbles et se méfiait des puissants, mais parfois les humbles lui donnaient envie de fuir et les puissants le rassuraient. Il aurait aimé tomber amoureux mais sans perdre une once de son indépendance. Il aimait faire état de ses seuls travers qui affirmaient sa personnalité, et passait le reste sous silence. Il se sentait ouvert aux autres tout en regrettant les rares moments où il s'était confié à un inconnu. Il redoutait les fêtes de Noël et du Jour de l'an, mais il redoutait plus encore de se retrouver seul ces soirs-là. Le matin, dans son miroir, il s'obstinait à se voir comme le tout jeune homme qu'il n'était

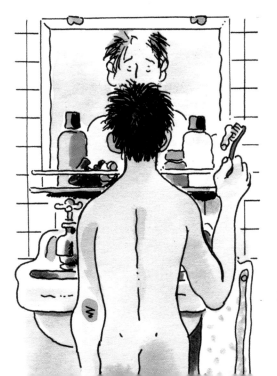

plus. Seuls les faits divers dont il pouvait être la victime l'indignaient vraiment. Pour lui, chaque femme était unique, même s'il lui arrivait de toutes les mettre dans le même sac. Il ne se sentait pas une âme d'artiste mais préférait ses photos à celles des affiches. Il appréciait à la fois l'indifférence des chats et l'amour servile des chiens. Il se demandait souvent s'il aimait le beau parce qu'il était rare ou le rare parce qu'il était cher. Il aurait aimé aimer certains films, certains livres, et s'en voulait d'en préférer quantité d'autres. Marc pensait, enfin, que les contradictions faisaient partie de la vie, et que n'en éprouver aucune aurait été la pire de toutes.

Il vivait dans un petit pavillon de la rue Talma, à Vitry-sur-Seine, en banlieue sud de Paris, qu'il louait 700 euros par mois à un couple de retraités. Un loyer élevé pour son salaire, mais il s'agissait là d'un choix de vie selon ses propres termes. Loin du tumulte pari-

sien et des cités sensibles, il cultivait son bout de jardin et ses relations de bon voisinage. Du haut de la fenêtre de sa chambre, il distinguait, au loin, la gare des Ardoines où, chaque matin, il prenait un train qui le déposait gare d'Austerlitz en une douzaine de minutes. Le samedi, il traversait une ZUP à vélo pour se rendre au centre Leclerc en tractant une sorte de petite remorque qu'il avait fabriquée lui-même. Les rares fois où il ratait ce rendez-vous pour cause de pluie battante, il se rattrapait le lendemain au grand marché du centre-ville pour y remplir sa remorque de légumes et de denrées diverses, qu'il cuisinait aussitôt rentré, afin de régler la question du dîner pour le reste de la semaine. Place Paul-Bert, à cent mètres de chez lui, il jouait au billard au café Le Fontenoy, louait des DVD au distributeur automatique, et achetait des fleurs quand Magali venait passer le week-end chez lui.

13

Ils s'étaient connus en seconde, il était tombé amoureux d'elle en terminale, elle s'était mariée avec un autre, avant de revenir vers Marc en femme à nouveau libre. Elle habitait Massy, dans l'Essonne, travaillait dans une agence de voyages à Anthony, élevait ses enfants seule, excepté un week-end sur deux. Durant ces quarante-huit heures-là, Marc l'accueillait chez lui pour, parfois, ne jamais la laisser ressortir.

Son seul véritable ami s'appelait Titus et tenait l'économat d'un lycée de Valenton. Comme un vieux rituel entre eux, Titus charriait Marc sur sa petite vie pépère et ses faux airs de misanthrope. Il allait même jusqu'à dire que son indifférence polie vis-à-vis de ses congénères ressemblait fort à de l'évitement, peut-être du dédain. Comment pouvait-il être aussi peu curieux d'autrui, et s'exclure d'un *tout* qui regroupait le reste de l'humanité ? Avait-il le droit de laisser le monde à sa porte, de le nier même, à peine le verrou mis ?

— Je n'ai rien à proposer, je ne demande rien, je ne nuis à personne, je suis content de ma vie, je n'ai pas honte de mes joies simples, je veux juste qu'on me foute la paix. C'est trop demander ?

— Tu oublies que dans toute équation il y a un élément fondamental, mon pote : c'est l'inconnue.

À trente-cinq ans, un homme en avait-il fini avec le hasard, les bifurcations inattendues ? Et si, depuis le début, Marc avait tort d'ignorer la longue liste des événements imprévisibles, bons ou mauvais, qui pouvaient, à chaque instant, lui faire changer de cap ? N'était-ce pas justement ce champ des possibles qui donnait, chaque matin, la force de se lever, presque par curiosité, rien que pour connaître la suite de sa vie comme s'il s'agissait d'un feuilleton ?

Pour se débarrasser de la question, Marc répondait que cette part de romanesque, il la vivait à sa manière, puisqu'il portait une arme.

Peu avant la trentaine, licencié économique d'une petite entreprise de travaux publics, il avait déposé, sur proposition de l'ANPE, sa candidature dans une compagnie de convoyage de fonds. L'idée lui avait d'abord paru saugrenue, et puis il s'était dit que, de toutes façons, il ne serait jamais pris : on refusait neuf candidats sur dix, pourquoi aurait-il été ce dixième ? L'enquête policière avait duré quatre mois avant qu'il puisse obtenir un port d'arme. On avait vérifié qu'il n'avait pas commis *d'actes contraires à l'honneur, à la probité ou aux bonnes mœurs ni jamais porté atteinte à la sécurité des personnes ou des biens, à la sécurité publique ou à la sûreté de l'État.*

On avait examiné son casier judiciaire et questionné ses voisins : Marc était un type bien sous tous rapports. Il s'en étonna presque.

Toujours sans y croire, il avait passé la visite médicale puis l'entretien psychologique et ses tests, et à nouveau, presque malgré lui, on l'avait déclaré apte à exercer le job. Marc entra dans un nouvel univers à la première séance de tir. Il s'agissait là de juger du rapport du postulant à son arme, et de sa capacité à s'en servir. En la saisissant dans sa paume, il avait senti bien plus d'attirance que de répulsion.

Après avoir obtenu l'agrément de la préfecture, il avait suivi une formation de deux semaines. On l'avait informé sur les risques du métier, on lui avait passé des films de simulations d'attaques de fourgons, on lui avait

expliqué comment répondre aux agressions, aux insultes, on lui avait appris à marcher, l'air dégagé, sur un trottoir, et surtout, on lui avait défini très exactement les limites de l'article 328 du code pénal qui habilitait le convoyeur à riposter en cas de légitime défense.

Il attendit de signer son contrat d'embauche par la société Transval avant d'en parler à Titus et Magali.

— Convoyeur, toi ?

— Le type en marron qui remplit les distributeurs automatiques ? L'air parano et la main sur le flingue ?

— Pas exactement. Comme je suis le plus jeune embauché, je sers de couverture à celui qui est en charge des fonds, pendant que le conducteur nous attend dans le fourgon.

Titus refusait d'y croire. L'ermite de la rue Talma, qui vivait caché et peut-être heureux dans son petit quartier pavillonnaire, celui qui n'aspirait à rien sinon à un lendemain aussi tranquille que la veille, celui-là même avait trouvé le travail qui lui ressemblait le moins. Magali non plus ne parvenait pas à imaginer son Marc en uniforme, une arme à la ceinture. Elle lui demanda de se *déguiser*, comme s'il lui fallait le voir pour le croire.

— Impossible, toutes mes affaires restent au centre fort, là d'où part le fourgon.

— Et t'es payé combien ?

— 1 200 euros brut et 200 de prime de risque.

Marc avait répondu à toutes les questions auxquelles il s'attendait et qu'il aurait lui-même posées. Les risques, justement, y en avait-il vraiment ? Tous ces faits divers dont on parlait. Et ça fait quoi de trimballer des sacs pleins de fric quand on est payé tout juste de quoi vivre ?

L'argent des autres ? Marc avait réglé la question bien avant d'empoigner son premier sac de billets. Depuis longtemps déjà, il s'était débarrassé de l'envie de devenir riche. C'était, selon lui, la première condition du bonheur.

Cinq ans plus tard, Marc était devenu «messager». Il transportait les fonds lui-même sur les lieux de desserte et gagnait désormais 1 400 euros par mois plus la prime de risque. À la longue, il avait atteint son objectif : faire de sa journée de travail une simple routine qui défilait sans qu'il y pense. Chaque matin, à 9 h 30, il entrait dans le vestiaire du centre fort pour y passer son uniforme, son gilet pare-balles, et récupérer son arme. Ensuite, il se dirigeait vers «l'aquarium», le centre nerveux de tout le bâtiment, une pièce en verre, blindée, où l'on distribuait les fonds et les feuilles de route pour la journée. Les lots étaient constitués la plupart du temps de sacs d'argent liquide mais aussi de «valises intelligentes» aux fermoirs inviolables qui, dès qu'on essayait de les forcer, répandaient une encre bleue sur les billets pour les rendre inutilisables. Le pointage effectué, c'était le départ du fourgon pour une tournée qui pouvait avoisiner les 300 kilomètres ; l'équipe avait tout intérêt à s'entendre.

Marc se tenait à l'avant du véhicule, à droite du conducteur. Leur cabine communiquait avec un sas où se tenait le «garde», qui servait de couverture à Marc, et qui sortait en reconnaissance avant lui à chaque étape. Si les circonstances le permettaient, Marc préférait tourner avec la même équipe et s'arrangeait pour côtoyer des non-fumeurs, ni trop silencieux ni trop bavards, pas trop portés sur la bouteille, et capables de parler d'autre chose que de ce qu'ils avaient vu à la télé la veille. Avec Sylvain, conducteur, bientôt retraité, et Laurent, jeune recrue *qui ne ferait pas ça toute sa vie*, Marc semblait avoir trouvé le bon équilibre. Avant d'accepter un débutant dans son équipe, Marc s'assurait qu'il ne traînait pas dans les bistrots autour du centre fort, là où parfois les braqueurs recrutaient parmi les convoyeurs pour préparer un coup. Laurent avait beau vouloir voyager et se la couler douce quelque part où il fait toujours chaud, Marc ne le sentait pas prêt à faire une connerie. Ils en parlaient, parfois, sur un ton de rigolade qui évacuait bien des tensions. Dans le fourgon, Laurent, à l'inverse des autres, gardait son gilet pare-balles en permanence. Sensation de peser des tonnes et d'étouffer au bout de deux heures. Marc se foutait de lui pour cet exploit qu'il jugeait presque inutile.

— Ça n'empêchera personne de viser ta tête. Et si tu la prends dans le dos, la balle, même avec le gilet, t'es paralysé. Alors…

Quand parfois il sentait chez Laurent une vague inquiétude qui le poussait à un excès de zèle, Marc se chargeait de le calmer.

— Si une voiture suit de trop près, tu la surveilles un brin, mais sinon, mon gars, regarde plutôt les filles dans la rue. Les braqueurs, tu les verras pas arriver de toutes façons. T'auras pas le temps. Alors détends-toi…

Malgré son calme apparent, Marc restait vigilant, surtout hors agglomération ; les pièges y étaient plus nombreux, aux carrefours isolés, dans les coins de forêts propices aux guets-apens. Là, tout l'équipage se concentrait au maximum. On n'avait pas assez d'yeux pour regarder par les meurtrières du camion. Marc mettait en garde Laurent sur les coins les plus sensibles, les culs-de-sac pour garer le camion, les traversées de galeries marchandes pour atteindre le magasin, les gares SNCF, et tant d'autres.

— En tout cas, je ferai pas ça toute ma vie.

— On le saura !

Sur le lieu de desserte, la chorégraphie ne variait jamais. Fermeture du sas, ouverture de la porte latérale, talkie-walkie, commandes automatiques, demande d'autorisation d'ouvrir, accès au coffre du fourgon, préparation du lot, présentation des clés, sécurisation du trajet piétonnier, puis manœuvre en sens inverse, et départ du fourgon vers sa destination prochaine. En fin de journée, après restitution du véhicule et passage dans l'aquarium, ils pouvaient enfin ôter leur uniforme et rendre leur arme.

Marc prenait l'omnibus de 19 h 50 qui le déposait en gare des Ardoines à 20 h 10, et moins de trois minutes plus tard, il était chez lui, dans le silence, prêt à passer une soirée de paisible laisser-aller.

Ce vendredi-là, Marc avait préparé son appartement pour recevoir Magali. Là encore le rituel subissait peu de variations, d'ailleurs aucun des deux n'en souhaitait un autre. Il avait fait le ménage à fond et s'était rasé de frais pour pouvoir l'embrasser jusque tard dans la nuit, il avait changé les draps et choisi les deux films du soir. Dès son arrivée, ils s'étaient mis au lit, pour se retrouver, s'étreindre, et nier à eux deux l'idée du dehors. Il avait commandé des plats chinois par téléphone, ouvert une bonne bouteille de bordeaux, lancé le premier film ; deux heures d'abandon, de commentaires sarcastiques, de salade aux crevettes et d'éclats de rire. Plus

tard dans la nuit, ils avaient fait l'amour devant un second film à peine regardé, malgré de constants retours en arrière. Ils s'étaient réveillés tard, avaient siroté une tasse de thé en se cajolant jusqu'en début d'après-midi. Puis ils avaient fait des projets pour le reste du week-end et, excités comme des mômes, ils étaient tombés d'accord sur un tour de patinoire. Le soir, ils s'étaient changés pour aller dîner à Paris, dans un restaurant du

14e qui proposait un buffet gigantesque, une infinité d'entrées chaudes et froides, de légumes assaisonnés de cent façons. C'était ça le vrai luxe, la variété, pas les mets sophistiqués, Marc avait une théorie là-dessus. Vers minuit, ils étaient allés dans un bar à salsa dont Magali connaissait bien le patron, et puis ils étaient rentrés rue Talma pour s'endormir dans les bras l'un de l'autre, fatigués, et gris, et le cœur en paix. Le dimanche avait été silencieux, comme tous les dimanches, d'un silence léger et gracieux, entrecoupé de sourires. L'été, elle bronzait dans le carré de jardin en lisant son roman, et lui somnolait, la nuque calée au creux des reins de sa douce. L'hiver, il regardait le sport, sans le son, elle lisait encore. À intervalles réguliers, ils levaient les yeux l'un vers l'autre. Sur le coup de seize heures, la note se faisait plus nostalgique. Magali se préparait au départ, ils ne se reverraient que dans quinze jours.

Comme chaque dimanche, Marc avait hésité à revenir sur leur situation : vivre ensemble ou pas. Et comme chaque dimanche, il avait trouvé une bonne raison de reculer la décision qu'elle attendait qu'il prenne. Sans le lui dire pour autant, il avait eu plus de mal à la laisser partir, et avait préféré en rester à leur protocole : rendez-vous dans deux semaines, et d'ici là, au téléphone.

Il s'était endormi, la tête dans l'oreiller qui sentait encore le parfum de Magali.

Marc proposa de s'arrêter devant un Mc Donald pour aller chercher trois cafés à emporter, mais Sylvain venait déjà de s'engager sur la nationale en direction de Prigny-sur-Orge. Pendant qu'ils traversaient la grande banlieue ouest, les trois hommes restaient silencieux ; la porte du sas était ouverte, et Laurent, accoudé aux sièges de ses collègues, regardait défiler le premier paysage de vraie campagne — des champs de blé encore verts. Un camion les dépassa et fila droit devant à vitesse moyenne, mais aucun des trois ne le remarqua vraiment. À quelques centaines de mètres avant l'inter-

section de la D61, ils furent à nouveau doublés par une
Espace qui, elle, les fit ralentir. Sylvain crispa les mains
sur le volant et jeta un œil vers Marc qui repéra, trop
tard, le croisement imminent avec la départementale.
Au loin, un Mack de chantier arrivait par la droite.
L'Espace freina d'un coup sec au carrefour et Sylvain
dut piler net. Par réflexe, il actionna le système d'alerte
GPS pour prévenir le QG et la police. Le 30 tonnes
vint heurter le fourgon de plein fouet et le fit riper vers
une bordée d'arbres. Le choc écrasa le blindage latéral
du côté de Marc qui s'y retrouva encastré, et perdit

connaissance. Le premier poids lourd était revenu vers eux pour se garer près de l'Espace et du Mack : des trois véhicules sortirent cinq individus encagoulés qui se déployèrent autour du fourgon. Sylvain, groggy, tenta de saisir le fusil à pompe calé dans la contre-porte, et vit, à l'avant, deux hommes armés de fusils d'assaut arroser de rafales le pare-brise, qui s'étoila entièrement. À l'angle arrière-droit du fourgon, un troisième ajusta un lance-roquettes sur son épaule et visa la porte arrière. Il tira une roquette à charge creuse qui la troua de cinquante centimètres, traversa le coffre et perça la porte du sas. Laurent, plaqué contre la paroi par le souffle, fut brûlé vif. Juste après la déflagration, les deux derniers hommes posèrent un pain de plastic sur la porte latérale gauche afin d'ouvrir un second accès au coffre. Sylvain fut achevé par cette seconde explosion alors qu'il tentait d'ouvrir une meurtrière. Les braqueurs ne cherchèrent pas à pénétrer dans le coffre — si le GPS avait été actionné, il ne leur restait que quelques minutes avant que les premiers barrages ne soient dressés. Ils passèrent les bras à l'intérieur pour empoigner à tâtons ce qu'ils trouvaient : quelques sacs endommagés, et une valise de billets qui allaient prendre une teinte bleutée sitôt qu'on essaierait de forcer les fermoirs.

« Patient n° 1, conducteur, décédé. Patient n° 2, passager arrière, décédé. Patient n° 3 passager avant, incarcéré, conscient, fréquence respiratoire 20/min, pouls 130, TA 10, blessures thoraciques, abdominales et pelviennes. Brûlure au 3ᵉ degré sur le flanc droit. Plaie hémorragique du cuir chevelu. Hémostase effectuée. »

Pendant qu'un pompier dégonflait les pneus du fourgon pour le stabiliser, un autre dressait un premier bilan de la situation à un véhicule radio médicalisé sur le point de les rejoindre. Puis il s'adressa à Marc pour évaluer son état de conscience.

— Vous vous appelez comment ? Pouvez-vous me donner la main ?

Une large plaie au cuir chevelu avait entièrement recouvert de sang le visage de Marc, l'hémorragie pouvait lui être fatale, il fallait agir vite. L'assistant posa d'abord un collier cervical, une sonde à oxygène, et clampa la plaie. À l'extérieur, son collègue avait préparé le matériel de perfusion et cherchait maintenant son chemin à travers le pare-brise en contournant le corps de Sylvain, couché sur le flanc droit. Il découpa la manche de Marc, posa un cathéter, lui fit une prise de sang puis posa la perfusion. Tous deux passèrent le relais au médecin du SMUR qui venait d'arriver.

Une voiture de balisage les rejoignit une minute plus tard. Le conducteur et son équipier s'entretinrent avec le pompier qui avait imaginé un premier scénario de désincarcération du blessé. Ils se mirent d'accord sur une coordination de l'évacuation du corps sur une planche, mais il allait d'abord falloir le conditionner et le rendre mobilisable sans trop de risques.

Marc avait ouvert les yeux, prononcé quelques mots, mais sa douleur était insoutenable et sa respiration en saccades lui donnait l'impression d'étouffer ; sa tension chuta à 8 et son pouls s'accéléra brutalement. Le médecin diagnostiqua d'abord une fracture du bassin et une rupture de la rate, et rajouta une deuxième perfusion pour lutter contre l'hémorragie interne et faire remonter sa tension. Ensuite, ils purent l'intuber et le piquer à la morphine.

Il ne restait qu'à le sortir de là. À l'aide de vérins, de pinces et d'écarteurs, ils découpèrent l'avant et le toit du fourgon. On lui glissa une planche dans le dos, on le sortit par le haut, on le posa au sol, on le réexamina, puis on l'expédia vers l'hôpital le mieux adapté à son cas. Sur place, après une échographie abdominale, on le dirigea directement vers le bloc opératoire pour une ablation de la rate. Loin de tout ce désordre, Marc, un sourire béat aux lèvres, laissait courir en lui le souffle chaud de la morphine.

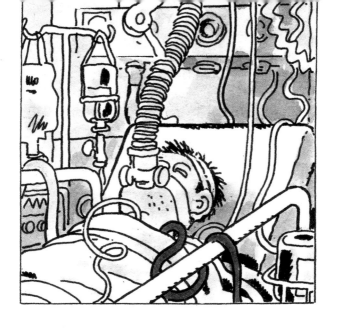

En salle de réveil, son corps s'était mis à gesticuler de lui-même ; une sensation de gêne plus que de douleur, ce tube dans sa gorge, ces sangles qui lui immobilisaient chaque membre. Au loin, il discerna le bip-bip du scope qui s'agitait. Toujours sous morphine, les yeux mi-clos, il fixa son regard sur un coin de plafond et se concentra sur un détail, une aspérité, une ampoule ou son ombre. Une éternité plus tard, un infirmier le délivra du respirateur artificiel. Un défilé de blouses blanches le tira de sa somnolence : on parlait de lui sans lui adresser la parole, on se penchait sur lui comme sur un nouveau-né. Marc ne se demandait pas ce qu'il faisait là, il s'était passé quelque chose, quelque chose de grave,

mais il aurait tout le temps d'y revenir, et le plus tard possible. Il s'endormit à nouveau et se mit à rêver.

On lui fit passer un scanner total pour avoir un bilan définitif : entorse cervicale, fracture de l'arc moyen des 7e, 8e et 9e côtes, fracture de l'arc antérieur de la 10e côte droite, fractures des poignet et coude droits, fracture des arcs antérieur et postérieur droits du bassin, fracture du tibia droit, brûlures. *Un miraculé*, disait-on de lui dans les couloirs.

Le lendemain, on l'installa dans la chambre qu'il n'allait plus quitter pendant de longs mois. Un orthopédiste lui posa une broche transtibiale et tout un système d'attelles et de contrepoids afin de stabiliser

le bassin et la jambe gauche. Sans poser la moindre
question, Marc regardait de ses yeux morts tous ces
gens s'agiter autour de lui. L'interne soupçonna un
état de sidération psychique qui annonçait de sérieuses
complications.

Cinq jours plus tard, deux psychiatres vinrent le visiter ; l'un d'eux consultait à l'hôpital, l'autre était un
spécialiste des agressions et des attaques de convois envoyé par les services d'assistance psychologique de sa
société. Ils tentèrent de le faire réagir, de s'assurer qu'il
était en prise avec le réel, qu'il était conscient de son
identité et de ce qu'il avait vécu. Le plus important
consistait à établir avec lui un lien de parole, de l'amener

à mettre des mots sur l'expérience qu'il venait de vivre et qui le submergeait. Ce débriefing de l'agression, détaillé au maximum, l'aiderait à créer une distance avec ces images d'épouvante, et à le rapprocher de la communauté des vivants, lui qui venait d'en vivre symboliquement l'exclusion. Mais, incapables de le sortir de son aphasie, les spécialistes quittèrent la chambre en lui promettant de revenir très vite : un énorme travail psychologique l'attendait.

Plus tard dans l'après-midi, il reçut la visite de Magali et Titus. Il leur fit un signe de tête, ce fut son unique effort en leur présence. Comme à son habitude, Titus joua la carte de l'humour et de l'ironie douce, mais bien vite il se sentit importun face à un Marc muré dans son silence ; il laissa Magali seule avec lui. Elle lui prit la main et lui parla avec une infinie tendresse sans chercher à retenir des larmes silencieuses. À sa manière elle tenta le même travail que les psychiatres : le faire revenir au réel, *leur* réel. Avec leurs mots à eux, elle évoqua leur complicité, depuis l'adolescence jusqu'à aujourd'hui, mais Marc ne réapparut pas. Il s'endormit tout de suite après son départ.

À trois heures du matin, une infirmière fut alertée par des hurlements et se précipita dans la chambre de Marc : il s'était hissé, à la force des bras, à la hauteur des poulies métalliques pour tenter de glisser son cou dans les cordons des contrepoids, et s'y pendre.

Une injection de Tranxène le plongea dans un sommeil profond qui ne l'apaisa pas : son cauchemar se prolongeait par un autre où il revivait, seul, le choc de son agression. À son réveil, les psychiatres lui demandèrent à nouveau de revenir sur ce qu'il avait subi, mais sa sidération bloquait toujours l'émergence des mots. Marc n'ouvrit la bouche que pour réclamer une plus forte dose de morphine qu'on lui fournit sur-le-champ.

Les jours qui suivirent furent une longue suite de petits moments d'horreur. Les réminiscences de son agression se firent de plus en plus nombreuses ; dès qu'il fermait les yeux, le film lui revenait en boucle. Quand il parvenait à maintenir la scène à l'écart, la tachycardie le gagnait, puis venaient les crises de larmes. Là encore il réclamait la délivrance par la morphine. Le psychiatre dépêché par Transval venait chaque jour pour amorcer un mouvement d'évasion et l'aider à ne pas rester prisonnier de la scène qu'il avait traversée. Mais l'entretien se terminait en général par un geste de rejet envers le praticien qui se sentait sommé de quitter la chambre.

Au bout de vingt jours, la morphine avait fait place aux anxiolytiques et aux antalgiques puissants. Marc se laissait soigner sans faire d'histoires et laissait défiler la farandole de spécialistes à son chevet. Aux psychologues, il avait fini par répondre ce qu'ils avaient envie d'entendre. Mais son seul vrai travail mental consistait à passer en revue les rares moyens dont il disposait pour se donner la mort.

Pendant que son corps se ressoudait avec une infinie lenteur, Marc, avec l'aide des psys, essayait de revenir sur l'événement, de raconter ce qui lui en restait, mais les mots n'étaient jamais assez puissants ni assez précis pour décrire sa détresse, et la colère l'emportait sur toute autre émotion. Une colère dirigée avant tout vers ceux qui lui venaient en aide et qui ne comprendraient jamais ce qu'il avait subi.

Un mois et demi qu'il n'avait pas quitté son lit. Un rééducateur vint l'aider à se mettre debout et à faire quelques pas avec un déambulateur. Marc surmonta ses angoisses et son dégoût de la vie, son dégoût des autres, son dégoût de lui-même, pour retrouver la station verticale, quitter cet hôpital et se cacher quelque part. Il fit donc des progrès rapides sur le plan moteur mais rejetait de nouveau tout type de travail psychologique. Magali et Titus avaient fini eux aussi par se décourager. On leur avait expliqué que le stress post-traumatique s'accompagnait de divers symptômes, et notamment d'un détachement affectif de l'entourage. Marc en voulait au monde entier, et plus encore à ceux qui avaient compté pour lui, et qui compteraient à nouveau sitôt dépassé ce «syndrome du survivant». Magali trouvait l'espoir insuffisant et le verdict trop sévère pour affronter l'indifférence de Marc. Elle se fit de plus en plus rare, jusqu'à disparaître.

Depuis qu'il se déplaçait seul dans les couloirs, Marc s'était remis à fréquenter ses contemporains. Ni le personnel hospitalier, ni ses rares visiteurs, mais les autres malades. En clopinant sur ses béquilles, il passait en revue les chambres des accidentés de la route, des grands brûlés, des polytraumatisés, et s'arrêtait parfois quand il sentait qu'une conversation pouvait s'engager. Les victimes faisaient connaissance et racontaient ce qu'elles avaient vécu et ce qu'elles ressentaient aujourd'hui. Ceux qui avaient connu le même degré d'injustice que lui étaient, pour Marc, ses seuls interlocuteurs possibles, et pas cette cohorte de diplômés qui ressassaient leurs thérapies comme un catéchisme et qui se faisaient une idée toute scolaire de la douleur et de l'affliction. Seuls ceux qui avaient souffert dans leur chair étaient dignes de confiance.

Marc ressentait une vague accalmie à la tombée du jour. Il lui arrivait de tromper la vigilance des infirmières pour s'installer sur un banc du parc et y griller cigarette sur cigarette. Dans la pénombre de ces moments-là, il parvenait, sans trop savoir comment, à maintenir ses démons à distance. Il bavardait à haute voix avec lui-même et aboutissait parfois à des arguments qui le surprenaient et lui arrachaient un petit rire. La plupart

du temps, son escapade était interrompue par un infirmier qui le raccompagnait dans sa chambre et lui donnait un somnifère.

Un jour, enfin, il fut question de le ramener chez lui. Les ambulanciers le laissèrent devant son pavillon, où personne ne l'attendait. Il avait cru un temps que, là-bas, tout irait mieux, qu'il allait retrouver un peu de normalité, que la vie reprendrait son cours. Il n'en fut rien.

Abruti par les antidépresseurs et les anxiolytiques, il restait parfois la journée entière le nez en l'air, dans son bout de jardin, sans parler à personne ni penser à se nourrir. Chez les commerçants de la place Paul-Bert, on redoutait son passage, sa conversation, son aphasie, ses bouffées délirantes. Et Marc se voyait dans le regard des autres comme le dément qu'il était devenu.

De la même manière qu'il lui était impossible de renouer avec ses proches, il lui fallut quitter son pavillon de banlieue. Il s'installa au sixième, dans un petit studio de l'avenue des Gobelins, et y resta plusieurs mois, sans la moindre activité, jusqu'à ce que Transval cesse de lui verser son salaire. Le directeur du personnel l'appela pour lui proposer un poste « sédentaire », que Marc refusa sans manquer de l'insulter.

Il vendit le peu qu'il possédait et son propriétaire lui accorda un dernier délai avant expulsion. L'ANPE le dirigea vers des emplois et des formations qui ne convenaient jamais. Marc ne savait pas ce qu'il voulait mais savait parfaitement ce qu'il ne voulait plus. L'idée même d'une hiérarchie lui donnait la nausée, plus jamais de sa vie il n'obéirait aux ordres, plus jamais il ne se sentirait comme un brave et modeste rouage de la grande machine. Il avait besoin d'être autonome, et libre de ses horaires, de ses envies et de ses humeurs, et aucun employé de l'ANPE ne savait comment rentrer de tels critères sur sa fiche. Par ailleurs, il refusait d'avoir des collègues et de travailler en intérieur — toute idée d'enfermement provoquait chez lui une réaction de panique.

Enfin, et c'était une décision irrévocable, il voulait vivre à contresens du monde en marche. Se terrer quand les autres sont debout, et agir quand ils dorment.

Il connut les plaintes des voisins, la tabagie du matin au soir, les crises de larmes sur les bancs publics, les journées entières dans l'alcool, les pulsions de violence envers lui-même et envers les autres. Un matin, en sortant d'un commissariat, il se retrouva devant la porte de son studio, sans clés, sans papiers, sans argent. Une voisine eut la gentillesse d'appeler un SOS-dépannage-serrures qui arriva dans l'heure. En le voyant déballer ses outils et se mettre au travail, Marc lui posa des questions sur son job de serrurier.

Plus qu'un job, il s'agissait d'un statut : celui du passe-muraille. Insaisissable et partout chez lui. L'homme alla jusqu'à prétendre que si un jour il se retrouvait en cavale, avec toutes les polices du monde à ses trousses, il saurait trouver des refuges partout dans la ville, et qu'il pourrait même en changer plusieurs fois par jour sans que personne ne s'aperçoive de rien.

— Je suis enfermé dehors.

Après trois ans de métier, Marc ne relevait plus les phrases toutes faites, et celle-là était la plus courante. Il se contentait de saisir son matériel et d'enfourcher son scooter pour voler au secours du client.

Au tout début, il avait essayé de se représenter la scène. *Enfermé dehors.* Il avait imaginé un type prisonnier du monde extérieur, condamné à errer sans trouver le repos, rejeté par une humanité qui lui claquait la porte au nez. Y avait-il plus grand malheur que d'être enfermé dehors ?

L'homme — la cinquantaine, costume en tweed — adossé à la rampe, regardait Marc opérer.

— Le truc bête, quoi… Je suis rentré vers une heure du matin, et sur mon répondeur un collègue me dit qu'il m'a laissé dans la boîte aux lettres son rapport d'activité, alors je descends le chercher, et j'empoigne un trousseau de clés, un réflexe, persuadé que c'est le mien, là, juste sur une console à côté de la porte, et c'est dans l'escalier que je me rends compte que c'est les clés de la maison de campagne que ma femme a laissées en évidence pour que je les prenne, on doit s'y retrouver, c'était pour que j'y pense, je ne comprends toujours pas comment j'ai pu les confondre, et…

Si certains de ses clients attendaient sans mot dire, irrités par le contretemps, d'autres se sentaient exclus de leur propre territoire et se confiaient sans oublier aucun détail, répétaient trois fois la même information, s'excusaient presque de leur étourderie. Une fois le problème réglé, ils redevenaient eux-mêmes et ne voyaient plus Marc comme leur sauveur mais comme un arnaqueur qui allait profiter de la situation, remplacer des serrures en bon état, facturer des frais mirobolants. Mais Marc n'abusait jamais, et seuls ceux qui contestaient son travail réel lui donnaient envie de les taxer sans remords. En partant, il laissait sa carte, que les clients rangeaient mécaniquement dans un tiroir, persuadés de n'avoir jamais plus à s'en servir.

Après l'homme en tweed de l'avenue Junot, Marc intervint deux fois dans le 18ᵉ, puis fit un break devant l'échoppe d'un vendeur de pizzas du boulevard Saint-Michel. Debout, appuyé contre son scooter, il mangea une napolitaine tout en écoutant ses messages. Sa façon de travailler ne variait plus désormais : un portable, un numéro sur une carte, des boutiques de serrurerie-cordonnerie qui transmettaient ses coordonnées contre une commission. Pour diversifier la demande, il avait aussi passé un contrat avec Europ Assistance pour assurer des dépannages 24 h/24 h. Et comme si ça ne suffisait pas, il assurait l'entretien de serrures et blindages pour une dizaine de grosses entreprises. Il opérait seul la plupart du temps et basculait ses appels vers un collègue durant ses heures de repos.

Des heures de repos qui, en fait, n'en étaient pas. C'était à peine s'il consentait à regagner son lit quand son corps entier le lâchait. La plupart du temps, il basculait entre une insomnie et un sommeil lourd de cauchemars qui le réveillaient en sursaut. Il n'accordait pas plus d'intérêt à ses repas et se nourrissait sans plaisir, uniquement pour reprendre des forces. L'idée même de loisirs lui faisait peur, il craignait de se sentir désinvesti, prisonnier d'une gamberge qui tournait toujours autour du même épicentre. Son seul carburant, jour après jour, nuit après nuit, c'était son travail. Il lui arrivait parfois de trimer jusqu'à quinze ou seize heures d'affilée, quinze ou seize heures gagnées sur l'obsession, quinze ou seize heures de portes ouvertes qu'il fermait, de portes fermées qu'il ouvrait, et tout aurait pu lui paraître absurde mais tout prenait sens.

Au 151 rue de Turenne, il trouva une mère mortifiée sur son palier. Son fils de cinq ans avait poussé l'entrebâilleur et se trouvait incapable de l'ouvrir, même

juché sur une chaise. L'enfant paniquait devant l'inquiétude de sa mère, et Marc dut calmer les deux avant de s'attaquer à l'entrebâilleur. Elle se sentait coupable de laisser son fils seul le mercredi, mais il fallait bien qu'elle travaille. Elle raconta comment, un soir, elle l'avait oublié à l'école. *Oublié*, elle n'avait pas d'autre mot. Ça lui était passé au-dessus de la tête. *À l'heure des mamans*, le petit avait vu des cohortes de parents venir chercher leurs gosses, mais jamais lui. « On a tous vécu ça », mentit Marc pour réconforter la mère.

Un peu plus tard dans l'après-midi, il fila rue du Ranelagh, dans une résidence de luxe. Au troisième, devant la porte à double battant du seul appartement de l'étage, Marc rejoignit une femme qui semblait perdue et livrée à elle-même.

Un portable en main, Mme Cécile Tesseydre avait patienté un long moment sur son palier avant de trouver le numéro d'un serrurier qui daigne intervenir dans l'heure. Elle ne s'expliquait pas comment elle avait perdu ses clés et, sans que Marc ne lui demande rien, elle se sentait maintenant obligée de prouver qu'elle habitait bien là. Lui la regardait, sans l'écouter. Des yeux sombres aux cils trop longs pour être vrais, des lèvres luisantes d'un rouge cru, des hautes pommettes qui créaient une courbe délicate au creux des joues, des cheveux d'un noir brillant attachés dans la nuque par une baguette chinoise plantée en oblique. En terminant son laïus, elle tira sur les pans de son tailleur bordeaux, puis se pencha pour ramasser son sac d'où avaient glissé divers objets, dont un agenda et un paquet de Chesterfield.

Dans son ancienne vie, Marc l'aurait sans doute prise pour une pintade, une cocotte entretenue. Amer de n'avoir jamais eu droit à une femme *de cette classe-là*, il l'aurait rangée d'office dans la catégorie des emmerdeuses de luxe. Aujourd'hui, il avait appris à ne plus réduire les individus à leur apparence.

— C'est une 787 de chez Fichet. Une toute récente.

— C'est-à-dire ?

—Vous êtes sûre que personne n'a un double ? Ça vaudrait le coup d'attendre.

— Personne.

— Je vais essayer de faire le moins de dégâts possibles, mais je suis obligé de percer.

— Les voleurs y arrivent bien, eux.

— Faites appel à un voleur.

Elle haussa les épaules et réfléchit encore un instant.

— Combien ça va me coûter ?

— Je ne sais pas trop encore… disons qu'entre le déplacement, les heures de main-d'œuvre, la pose d'une serrure identique, ça va chercher vers les 1 500 euros.

— J'ai un autre choix ?

— Je ne pense pas.

— Alors, allez-y.

Agenouillé face à la serrure, Marc lorgna à la dérobée ses jambes, ses bas couleurs chair, et ses fines chevilles rehaussées de cuir noir. En fermant un instant les yeux, il réussit à capter son parfum où se mêlait l'odeur de sa peau à travers le nylon.

Aux pieds d'une femme comme elle, Marc se sentait encore plus bancal qu'il ne l'était. Sa colonne vertébrale se rappelait à lui et l'obligeait à se plier, à porter ses mains sur ses hanches comme le petit vieux qu'il était devenu après l'agression. Ses tout premiers pas hors de l'hôpital lui avaient suffi pour comprendre que vingt bonnes années lui avaient été volées en l'espace d'un battement de cils. Son corps n'avait pas eu le temps d'apprendre la lenteur, de s'habituer à surmonter l'effort et à le réviser à la baisse à mesure que passeraient les années.

Deux heures plus tard, la nouvelle serrure posée,

Marc demanda à se laver les mains. Sans cacher son impatience à le voir quitter les lieux, Cécile lui indiqua la salle de bains. En jetant un œil sur le salon et les couloirs, il s'étonna d'un tel dépouillement : rien que des murs nus qui portaient encore la trace des toiles qu'on avait décrochées, de rares meubles, tous très usuels, en bois blanc, sur lesquels rien ne reposait. Le tout évoquait un récent passage d'huissier — Marc en connaissait un bout sur la question — ou une séparation de biens qui avait viré au pillage. Il ne put s'empêcher d'examiner le chèque qu'elle lui tendit.

— Chèque en bois ?

— …?

— Dites-le, je préfère.

Les joues de Cécile Tesseydre perdirent leur bel éclat ambré pour virer à l'écarlate.

— C'est momentané…

— Appelez-moi quand je pourrai l'encaisser, lui dit-il en tendant sa carte.

Cécile la garda un moment en main, tout étonnée de si bien s'en sortir. Marc se sentit tout à coup élégant et se demanda s'il ne l'était pas bel et bien. Avant de fermer la porte derrière lui, Cécile lui sourit des yeux.

Il remonta sur son scooter, encore troublé par le parfum de la dame, heureux d'avoir gagné ce sourire. Avant d'avoir atteint le centre-ville, il s'était déjà fait à l'idée qu'il allait devoir se contenter de ce seul salaire.

Rien ne le protégeait mieux que la nuit. Depuis l'hôpital, il en avait fait son territoire et s'y déplaçait désormais avec aisance. Pour Marc, l'espèce humaine se divisait en deux clans : ceux qui participent au monde en marche, et les autres. Mais à la tombée du jour, les règles changeaient : il y avait ceux qui dormaient, et ceux qui avaient une bonne raison de ne pas le faire. Parmi ceux-là, certains avaient un urgent besoin de lui et de son don pour passer les portes. Ces interventions nocturnes le reposaient de toutes les questions qui le terrorisaient à la lumière du jour. Cette vie à l'envers le remettait dans le bon sens, et rien ne lui semblait plus limpide que cette obscurité.

Et puis, il y avait cette sensation de vibrer au même rythme que sa ville. Il avait fallu de longs mois avant qu'il s'y sente chez lui. Il avait toujours fui la capitale, sa mauvaise humeur, sa suffisance, et n'en avait jamais connu les fastes. Paris, c'était surtout son travail d'alors, mille points de desserte, des agences et des succursales à tous les coins de rues, et des dizaines de passants qui dévisageaient les convoyeurs sur leur parcours : *les chiens de garde du grand capital*, c'est ce qu'il lisait dans leur regard.

Aujourd'hui, Paris lui avait fait une place, comme elle savait en faire aux bizarres, aux déroutés, et à tous ceux qui ont une bonne raison de ne pas dormir. Son *Paris by night* n'appartenait qu'à lui et échappait à tous les clichés ; il ne côtoyait ni le sublime ni le sordide, ni

le vice ni la vertu, mais juste un quotidien inversé, fait de situations inattendues, où l'agitation se mêlait souvent à l'irrationnel, l'absurde à la mélancolie. Tout à sa mission, il s'oubliait, lui, Marc, et devenait invisible.

Au 41 rue Bobillot, une petite dame entrouvrit sa porte. Le mari était là aussi, un couple de retraités, un appartement de leur âge, cinquante ans de souvenirs. Les époux essayaient d'exposer la situation mais chacun reprenait l'autre et l'engueulade grondait au détour de chaque phrase. Marc comprit que l'appartement était scindé en deux par une frontière connue d'eux seuls. À chaque violation suivait une déclaration de guerre. Il était temps de délimiter les territoires une fois pour toutes. Marc restait à l'écoute, intrigué par l'histoire qu'il imaginait de ce couple. On s'occuperait du double living après, il fallait d'abord fermer la porte de communication entre les deux chambres, parce que la journée, il était sûr qu'elle fouinait dans ses tiroirs, et la nuit, elle se doutait qu'il entrait dans sa chambre pour la regarder. Il fallait poser deux verrous, un de chaque côté. Marc leur demanda pourquoi une telle urgence, pourquoi cette nuit, à 1 h 20 du matin, pourquoi pas dix ans plus tôt, ou trois ans plus tard, pourquoi pas demain, avec le serrurier du coin ? Pas de réponse à ça, il fallait que cette porte soit fermée une bonne fois pour toutes, ils paieraient ce qu'il fallait. Et Marc posa les verrous.

Sur le coup de trois heures, il se rendit dans un immeuble neuf du boulevard Edgar-Quinet, face au cimetière Montparnasse, où une jeune femme, en rentrant chez elle, venait de trouver sa porte fracturée ; hors de question de dormir là sans pouvoir fermer à clé. Marc lui demanda ce qu'on lui avait volé. Elle répondit : « Une radio, des statuettes sans réelle valeur, et des boîtes d'ananas en tranches. »

Rue de la Roquette, un jeune couple l'attendait sur un palier enfumé, des boîtes de bières vides renversées sur plusieurs marches. Le garçon, vingt-cinq ans, passablement éméché, habillé d'un costume sombre de bonne coupe, avait oublié son trousseau de clés dans la loge d'un petit théâtre de banlieue où il avait donné un concert — il était le batteur d'un groupe qui commençait à se faire connaître. À la question : « Pourquoi ne pas retourner chercher vos clés ? », il répondit : « Trop galère ! »

À 4 h 30, il trouva un marchand de paninis ouvert à l'angle de la rue Daval, dernier rendez-vous des zonards et des noctambules. Sur sa messagerie, il trouva plusieurs appels désespérés d'un même individu, presque suppliant, brouillon dans sa demande. Quand Marc le

rappela, le type semblait s'être calmé — juste une légère montée d'angoisse à l'idée de ne pas pouvoir rentrer chez lui, rien de plus. Rue de Palestro, dans un vieil immeuble près duquel tapinaient quelques filles, Marc grimpa au cinquième sans ascenseur et trouva son client assis sur le paillasson, en pleurs, l'oreille collée contre la porte. Il se releva en s'accrochant à la poignée, regarda par le trou de la serrure.

— Je sais qu'elle est là.

— Qui ?

— Florence. Ma femme. Elle a rencontré une espèce

de... Une espèce de dragueur... Il habite là, ce salaud...
Ils sont là, je le sais, je les entends. «Florence!» hurla-
t-il en tapant du poing contre la porte. «Ouvre, je sais
que tu es là! Ouvre, nom de Dieu!»

— Calmez-vous...

— Mais je SAIS qu'elle est là, écoutez vous-même...
Ils ont baissé la platine, ils font semblant d'être partis,
mais ils sont là, je le sais, je le sens, elle est derrière cette
porte, ils sont peut-être en train de baiser, en silence,
juste parce qu'ils savent que je suis là! «Florence, comment tu peux me faire ça?»

Il éclata en sanglots et se laissa glisser à nouveau à terre. Marc colla son oreille contre la porte pour essayer de percevoir un signe.

— Il n'y a personne.

— C'est ce qu'il essaient de faire croire mais c'est faux ! Je les entends, ils passent un disque à très faible volume, vous êtes sourd, nom de Dieu ! Je suis sûr qu'en ce moment il la pénètre, et elle lui fait les mêmes choses qu'à moi. « Flo, ouvre cette porte, nom de Dieu ! C'est moi ! »

Marc se demanda s'il fallait planter là ce type avant que les flics n'arrivent, ou bien l'aider à se relever et le décoller de cette foutue porte.

— Regardez, c'est une serrure à l'ancienne avec une clé longue, vous avez sûrement un double. J'ai tâté, y a pas de verrou, il vous suffirait juste d'ouvrir, on jette un œil à l'intérieur et si elle n'est pas là, je m'en vais. Je vous paie ce que vous voulez. Ça prendra même pas cinq minutes ! « Flo ! Ouvre, salope ! Mais OUVRE ! »

Marc n'avait jamais connu le sentiment de jalousie poussé à cette intensité, ou bien tout jeune, la fois où Magali n'avait pas répondu au téléphone de toute une nuit, il avait imaginé les pires scénarios. Le lendemain, il brûlait de lui montrer son mépris, de lui lancer au visage qu'il aurait préféré la savoir morte, qu'il ne pourrait plus jamais la regarder en face. Les larmes aux yeux, Magali lui avait expliqué qu'elle avait eu une syncope dans la salle de bains et que ses parents avaient débranché le téléphone après le départ du médecin de garde.

Mais Magali ne lui donna jamais les vraies raisons de ce malaise : elle venait de comprendre à quel point Marc lui était devenu indispensable, et l'idée lui avait tourné la tête.

Peut-être à cause de ce souvenir qui lui revenait en mémoire, Marc tendit la main vers l'homme en pleurs qui consentit à la saisir. Une porte voisine s'ouvrit sur le palier, Marc redouta une altercation. Un jeune type à moitié endormi passa la tête dans l'embrasure.

— Je les ai vus sortir vers onze heures, hier soir. Ils ne sont pas rentrés depuis.

Le voisin ne semblait pas irrité, il avait entendu s'exprimer une souffrance, et il avait, comme Marc, cherché à l'apaiser. Le jaloux se calma un court instant et accepta de sortir de l'immeuble.

— Elle est peut-être déjà rentrée chez vous. Elle n'est peut-être plus avec lui. Vous feriez mieux de rentrer, je crois.

Sans répondre, sans remercier Marc, sans penser à le dédommager, l'homme rejoignit lentement un banc public et s'y roula en boule en gardant les yeux braqués vers l'entrée de l'immeuble.

7 h 30. Marc considéra que sa nuit était terminée et transféra deux appels à son collègue. Un masque de fatigue lui tirait le visage et sa colonne le lançait maintenant. Sans qu'il ait besoin de le diriger, son scooter prit la direction du 17 rue Blomet, dans le 15ᵉ.

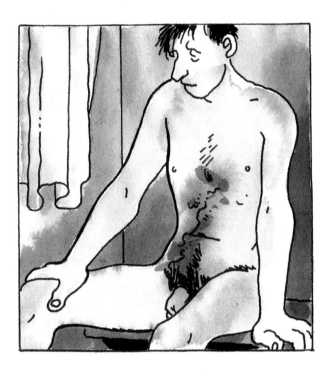

À l'accueil de la piscine, il montra sa carte d'abon-
nement puis se dirigea vers les vestiaires, se retrouva
nu dans sa cabine, s'assit sur le rebord en bois et regarda
son corps. C'était là, quelques minutes avant de nager,
qu'il retrouvait sa carcasse et en éprouvait chaque
muscle, chaque articulation. Il passait l'index le long
de sa cicatrice qui partait de l'aine droite et se terminait vers le sternum. La peau y était plus lisse, hormis

de rares aspérités qui rappelaient les coutures. Le dessin du sillon, à force de le parcourir du bout du doigt, était devenu comme la signature de tout son corps. Il serra les genoux pour les comparer, mais le droit restait cabossé à cause de la broche qui montrait la forme de l'os, comme à vif. Au flanc droit de son torse, la zone brûlée tranchait par sa teinte rosée et son aspect grumeleux qui ne s'estomperait plus. Bien plus que sa cicatrice, c'était cette peau morte qu'il craignait de montrer en sortant des vestiaires — ceux qui la voyaient se faisaient une idée de la douleur subie. Les habitués de la piscine Blomet n'y prêtaient plus attention, mais Marc redoutait les nouvelles têtes dans ce petit club des nageurs de 7 h 30. Se montrer en maillot de bain lui

était redevenu naturel au bout d'une année de pratique, la plus longue de toute sa vie, celle où il était revenu parmi ses contemporains. Il s'étira, fit craquer quelques os, quitta sa cabine, descendit l'escalier jusqu'au bassin, et se dirigea vers la ligne d'eau réservée aux nageurs de crawl. Il lui faudrait huit longueurs de 50 mètres pour commencer à soulager sa colonne et la rafistoler jusqu'à la prochaine fois. Seule la nage pouvait opérer ce miracle.

Depuis toujours, Marc avait décrété que l'eau *n'était pas son élément naturel.* Il se considérait volontiers comme un enfant de la terre et avait appris à nager au cours préparatoire parce que c'était obligatoire. Ses parents ne lui avaient fait connaître le bord de mer que fort tard et, à l'âge adulte, rares avaient été les occasions de se baigner, hormis quelques séjours à Royan avec Magali avant qu'elle ne se marie. Et puis, au sortir de l'hôpital, après l'agression, on l'avait inscrit d'office à des cours de balnéothérapie. Lui qui souffrait le martyre quand s'estompait l'effet des antalgiques, lui qui pensait au suicide une fois par jour, lui qui, et c'était bien le plus grave, n'avait même pas de maillot de bain. Dans son état de confusion, il s'était accroché à cette dernière excuse pour envoyer balader son médecin et sa putain de balnéothérapie, un mot dont la sonorité même l'exaspérait. Soigner par l'eau ce qui avait été détruit par le feu ? C'était presque insultant pour ceux qui avaient souffert, ceux qui auraient tout donné pour vivre le reste de leurs jours sous morphine. Il avait fini

par se rendre à une première séance qui avait failli mal se terminer. Il s'était senti infantilisé, à barboter dans le petit bain, sa bouée en briques de mousse bleue autour de la taille, à entendre la kiné qui disait *on* à chaque nouvel exercice : « *Maintenant on va cambrer le dos et fléchir…* », « *On vient de fournir un gros effort, on va se détendre un peu avant de reprendre…* » Voilà qu'*on* cherchait à lui ôter son dernier bien : sa dignité de grand blessé. À la fin de la séance, il avait repéré un spa que personne n'occupait et s'y était installé un moment avant de regagner les vestiaires. Il s'y était entièrement immergé, immobile, affranchi de son propre poids, au chaud, protégé, une sensation d'avant la naissance. De quoi oublier le monde terrestre, la folie des hommes et leur hâte à précipiter leur perte. En apnée dans son cocon liquide, il s'était senti si bien, si seul, inaccessible. Et il était revenu la fois suivante, plus vraiment pour obéir à son

programme de rééducation mais pour se réconcilier avec cet élément qui n'avait jamais été le sien. Dès qu'on le laissait en paix, il prolongeait la séance de quelques longueurs dans la piscine, par plaisir, pour se sentir égal à un autre, ni meurtri, ni traumatisé, ni dépressif. Et puis, à force de voir des nageurs plus aguerris passer du crawl au papillon, rapides, puissants, tellement à l'aise, il s'était revu tout petit, avec sa bouée en canard qu'on lui avait confisquée pour qu'il apprenne enfin les mouvements basiques de la brasse. En souvenir de ce petit garçon qui avançait dans l'eau comme un têtard, il avait tout repris au point où il en était resté. Il avait suivi des cours particuliers avec un maître-nageur qui s'était montré ambitieux dans les objectifs à atteindre : en une douzaine de leçons la question du crawl serait réglée, puis on passerait au dos crawlé, puis au papillon. Marc n'en espérait pas tant. Dès lors, il avait réappris à respirer, à se déployer, à coordonner ses membres, et surtout, à se faire adopter par l'eau.

Deux ans plus tard, il avait choisi la piscine de la rue Blomet pour son bassin olympique, son silence, et parce que c'était le rendez-vous de ceux qui faisaient de la natation une affaire sérieuse.

Il salua au loin un moniteur qui bâillait encore, perché sur sa chaise haute, puis il passa son bonnet, ses lunettes, et prit son tour dans la ronde des nageurs de vitesse. Dès les premières longueurs, il sortit de sa gangue de fatigue et retrouva l'énergie qui lui avait manqué trois heures plus tôt, au moment des premiers bâillements. Le bien-être qu'il éprouva à cet instant-là effaça tous les errements de la nuit. Son corps cherchait les bons appuis dans l'eau et rendait chaque mouvement hydrodynamique, pour gagner, gagner encore en aisance. Marc n'était plus bancal, ni diminué, et les tombereaux d'angoisse qu'il traînait chaque jour derrière lui ne le ralentissaient plus. Il était hors de portée.

Vivant.

Son studio se résumait à une pièce principale où tenaient un lit et une armoire, un coin kitchenette, une radio préréglée sur des stations de musique classique, et à un étroit vestibule où il stockait son matériel et ses vêtements de travail. Marc n'avait besoin de rien d'autre. Sa vie ne se déroulait pas là, mais partout ailleurs.

Ce matin-là, il se réveilla après une longue nuit de sommeil, dense et réparatrice, mais ponctuée de rêves lourds et violents qui s'évanouirent dès qu'il ouvrit l'œil. Il se leva lentement et se prépara une tasse de thé qu'il but, accoudé au Velux qui ouvrait sur les toits de Paris.

La journée s'annonçait grave et silencieuse : il allait mettre son habileté au service de la loi. Et même s'il se faisait une haute idée de la loi, il n'avait pas tant d'estime pour ceux qui étaient chargés de la faire appliquer. Durant l'enquête qui avait suivi son agression, il avait rencontré des types sincèrement à l'écoute de ce qu'il avait subi, mais il avait dû répondre aussi à des fonctionnaires zélés qui se prenaient pour la justice en personne, et surtout à ce teigneux qui n'avait qu'une seule obsession : lui faire avouer qu'il était complice des braqueurs puisqu'il était le seul rescapé.

Une « tournée d'huissier », c'était le terme courant pour ces journées entièrement consacrées à l'ouverture de portes de mauvais payeurs et autres individus en indélicatesse avec la justice. Un agent de police, un huissier, un serrurier, une douzaine d'actes de saisie entre 10 heures du matin et 10 heures du soir. La procédure était immuable et chacun des trois y trouvait son compte. À en juger par le nombre de portes ouvertes et de serrures remplacées, Marc rentabilisait sa journée comme rarement, à condition de ranger ses états d'âme dans le tiroir du bas. À une ou deux exceptions près, les saisies se déroulaient dans la douleur et les biens confisqués ressemblaient à un butin dont Marc préférait ne pas savoir comment il allait être redistribué. À la fin de chaque tournée — il n'en acceptait pas plus de deux par mois — il se jurait que ce serait la dernière et se demandait pourquoi il ne les laissait pas aux spécialistes du genre qui ouvraient des portes comme on pille les vaincus. Au début, il avait accepté pour se plonger sans discontinuer dans le travail, et ces tournées-là proposaient assez de drame humain pour mettre le sien de côté. Et puis il avait continué en se persuadant que s'il ne faisait pas lui-même le job, un autre le ferait, plus expéditif dans ses méthodes, et capable de facturer des sommes folles à ces gens qui venaient déjà de tout perdre. Mais cette vague justification ne le satisfaisait plus, ses scrupules commençaient à lui coûter. Aujourd'hui, l'unique raison pour laquelle il se prêtait encore à cette mascarade était en fait d'ordre moral : il arrêterait le jour où il trouverait les bonnes raisons d'arrêter. Il lui fallait comprendre ce qui le gênait dans ce trafic, et pourquoi. Derrière chaque acte de saisie, il y avait un homme en liquidation judiciaire, une femme qui refusait de payer une contravention, une famille qu'on délestait de ses meubles pour traites impayées, et, qu'elle soit grave ou bénigne, Marc se demandait si c'était à lui de déterminer le bien-fondé de chaque procédure, s'il devait voir dans cette mainmise de la justice un éternel racket des puissants sur les humbles, ou si la loi, parce qu'elle était la loi, devait être respectée et frapper le puissant comme l'étourdi, le félon comme le déshérité. Ses réponses éclaireraient sa propre histoire et l'injustice qu'il avait subie.

Comme prévu, la journée avait eu son lot de serrures fracturées, d'éclats de voix, de chaînes hi-fi dans les escaliers, de sommes en liquide de la main à la main. Marc avait revu ce commissaire de police qui, un an plus tôt, lui avait demandé d'ouvrir, de façon discrète et non-officielle, l'appartement d'un collègue qui ne donnait plus signe de vie depuis plusieurs jours — c'était en souvenir de ce service rendu qu'il proposait à Marc de participer aux tournées. « Il a des ennuis avec sa femme », avait précisé le commissaire qui se sentait

gêné d'avoir à décider de cette effraction. Dans la cuisine, il avait retrouvé son ami, assis, le front contre la table pleine de sang, son arme de service dans la main. Marc avait préféré rester au seuil de l'appartement.

Dans le registre de ses interventions à des fins légales ou para-légales, Marc gardait un mauvais souvenir d'un rendez-vous tardif dans un hypermarché de banlieue, à la demande du chef du personnel et du responsable de la sécurité. Tous deux soupçonnaient plusieurs employés de vols de marchandises et avaient engagé un enquêteur privé pour tirer l'affaire au clair. Le privé s'était fait embaucher comme manutentionnaire pendant plus de deux mois avant de repérer les éventuels coupables. Bien après la fermeture, Marc s'était retrouvé dans les vestiaires pour ouvrir plusieurs casiers cadenassés, le plus proprement possible afin de ne pas attirer l'attention. Il avait demandé si ce genre de manœuvre

était bien légale, on lui avait répondu qu'il valait mieux, pour les suspects, régler la chose discrètement sans faire appel à la police. Pendant un court instant, Marc s'était retrouvé seul avec cet *agent privé de recherches*, comme il se définissait lui-même. C'était la première fois qu'il en croisait un, et pourtant cette rencontre l'étonnait à peine : entre un serrurier et un privé, Marc voyait un cousinage. Il en avait profité pour lui poser les questions classiques, mythes et réalités d'un métier dont on ne parle que dans les films. Le privé se débarrassa des idées reçues en quelques phrases : son job ne le passionnait pas. Il le trouvait répétitif et le plus souvent ennuyeux, beaucoup d'adultères, quelques personnes disparues, pas mal d'espionnage industriel, tout ça aurait pu être exaltant mais ne l'était plus.

La fouille des casiers n'avait rien donné, et le privé lui avait demandé d'ouvrir la porte d'un local dont seul le chef des techniciens de surface avait la clé. Marc ne chercha pas à savoir ce qu'ils y trouvèrent et se fit payer en ravalant sa mauvaise conscience.

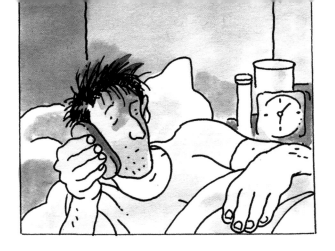

Après sa tournée d'huissier, il rentra chez lui, fourbu, des billets plein les poches, prêt à s'écrouler d'un sommeil dont il n'était pas sûr qu'il fût celui du juste. Il dormit par intermittence jusqu'à 2 h 30 du matin, quand il entendit son téléphone vibrer sur la table de nuit.

La dame de la rue du Ranelagh. Plusieurs semaines s'étaient écoulées depuis sa rencontre avec Cécile Tesseydre. Il n'avait jamais espéré la voir le rappeler pour payer sa dette, et pourtant, elle s'était installée dans ses pensées comme *la dame de la rue du Ranelagh.* Une femme comme il en avait rêvé, superbe et hautaine. Une femme dont on dressait l'interminable liste de défauts pour se consoler de la savoir inaccessible. Pour se manifester à une heure pareille, il devait s'agir de bien autre chose que d'un chèque en bois. Il perçut une voix à peine audible, cassée d'avoir trop pleuré.

— … Vous êtes déjà venu chez moi…

— Je sais.

— … Venez.

— Qu'est-ce qui se passe… ?

— Venez !

Il emprunta les quais qu'il trouvait toujours dangereux à cette heure de la nuit, traversa le pont Bir-Hakeim, remonta la rue du Ranelagh en sens interdit. Pourquoi ce ton de supplication ? Pourquoi lui ? Et surtout, pourquoi s'était-il précipité sans en savoir plus, lui si méfiant d'habitude, lui qui savait repérer les embrouilles de loin — de toute sa vie, il ne retomberait plus dans un traquenard, il se l'était juré. Il entra dans la résidence avec son passe, grimpa l'escalier B jusqu'au troisième, appuya sur la sonnette à plusieurs reprises, toqua à la porte, y colla son oreille. La serrure n'avait pas été fermée à clé, il lui suffit de glisser une radiographie dans l'interstice pour débloquer le loquet. Dans le vestibule sombre et vide, il chercha un instant l'interrupteur mais préféra se guider à la lampe torche, emprunta un couloir qu'il connaissait déjà, aboutit à la salle de bains. De là, il repéra la chambre dont la porte était entrebâillée, tout juste éclairée par la lumière rosée d'un abat-jour. Il chercha à s'annoncer avant d'entrer, et ne trouva que :

— … Madame… ? C'est moi, le…

Pour toute réponse, il perçut les sanglots étouffés de Cécile qui n'avait plus la force de se faire entendre. Toute sa rage avait implosé, ne restait qu'une longue plainte impuissante.

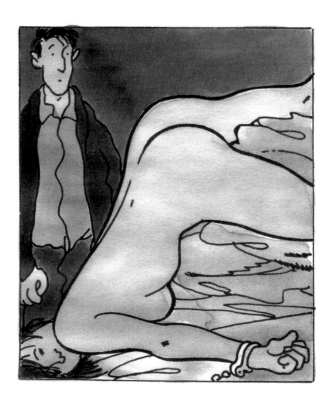

Elle était étendue sur son lit, entièrement nue, allongée sur le ventre, les jambes ouvertes, les reins cambrés, et le bassin rehaussé par des oreillers placés sous son abdomen. Marc eut un mouvement de recul puis détourna le regard. Elle enfouit son visage dans l'oreiller comme pour cacher ce qui lui restait à cacher. Des menottes aux poignets et aux chevilles reliaient ses membres aux quatre montants du lit. En forçant sur son poignet gauche jusqu'à s'en cisailler l'épiderme, Cécile avait atteint son téléphone portable posé sur la table de chevet. Marc s'approcha d'elle et couvrit d'un drap tombé à terre son corps écartelé.

Il jeta un œil aux menottes et trouva dans sa sacoche de quoi les ouvrir, libéra d'abord les poignets puis les chevilles. Aussitôt délivrée, elle s'enveloppa dans la couverture et se roula en boule pour sangloter à nouveau.

— Vous voulez que je…

— Partez ! hurla-t-elle, sans le regarder en face.

Il retrouva la rue et s'assit sur le siège de son scooter, choqué, la tête vide. Il rentra chez lui en traversant un Paris désert et illuminé. L'image de Cécile, crucifiée sur son lit, offerte, le hanta jusqu'à ce qu'il trouve le sommeil.

Durant la semaine qui suivit, il essaya de comprendre ce qui s'était passé chez Cécile Tesseydre. Comment concevoir qu'une personne si digne ait à se reprocher quoi que ce soit? Elle avait été victime des événements, contrainte par chantage, violée par un intrus, agressée par un pervers, rien en tout cas qui n'engageât sa responsabilité, ni ses désirs, ni ses fantasmes. Il fut tenté d'en parler à la seule personne à qui il s'adressait encore quand le besoin de formuler se faisait sentir.

Depuis deux ans, Marc consultait ce psy sans rythme régulier, toujours au débotté, et le praticien acceptait de le voir apparaître et disparaître au gré de ses besoins. Autant que faire se peut, le docteur Mallard se rendait disponible pour ce patient qu'il avait connu traumatisé à l'hôpital et qu'il avait vu évoluer de façon parfaitement

atypique. Du jour au lendemain, Marc avait changé les règles de la psychothérapie classique comme s'il en avait entrevu les limites. Lors d'un de leurs tout premiers face-à-face, Marc avait traité le Dr Mallard de «sniper».

—Vous êtes comme un tueur embusqué. Vous restez planqué, silencieux, vous regardez, vous écoutez pendant des heures, toujours l'œil dans le viseur, et dès que l'autre sort à découvert, sans défense, bing, vous frappez

direct à la tête. Comme si vous cherchiez à vous émerveiller de votre propre dextérité.

Le psy avait réfuté le tout avec beaucoup de diplomatie, il avait même essayé de rebondir sur l'image du sniper face à un patient qui, comme par hasard, avait vécu l'horreur suite à une embuscade. Mais cet épisode avait jeté de nouvelles bases dans leur façon de communiquer, et Marc ne voyait plus le Dr Mallard comme un praticien investi d'un pouvoir, mais comme un interlocuteur digne de confiance à qui on pouvait parler de n'importe quoi.

Durant la séance, il évoqua en détail sa première rencontre avec Cécile, mais passa sous silence cette étrange visite nocturne. Il ne se sentait pas le droit de briser un secret que personne ne lui avait demandé de garder.

— ... Quelque chose me plaît dans ses rides naissantes, je crois que ce n'est pas juste esthétique... On voit tout de suite qu'elle a peur de ne plus être celle qu'elle a été à vingt ou trente ans, et je ne sais pas pourquoi, c'est cette peur qui la rend belle. C'est invraisemblable ce que je dis, docteur ?

— Non. Vous n'êtes jamais invraisemblable quand vous parlez des femmes.

— Ah bon ?

— Vous les voyez sans doute comme elles sont. Je veux dire par là que vous tentez de vous les représenter dans leur entier, chacune différente. Vous ne les voyez pas comme les diverses facettes d'un polyèdre qui représenterait UNE image que vous vous faites de la femme.

— Je peux prendre ça comme un compliment ?

— … Si vous voulez.

Il quitta le cabinet et retrouva sa nuit, sa ville. Il essaya de comprendre son besoin de traverser les situations sans jamais s'installer dans aucune. Durant les interventions de ce soir-là, il croisa toute une famille, parents, enfants, chien, peut-être quelques cousins, tous rassemblés devant un rez-de-chaussée aux confins du 19ᵉ arrondissement. Retour de maison de campagne à 23 heures, clés oubliées, un classique semblait-il, et plus personne ne s'en étonnait.

— C'est la première fois qu'on fait appel à un ser-rurier, dit le père. D'habitude, c'est le petit dernier qui passe à travers les barreaux de la fenêtre de derrière, mais maintenant, il va sur ses six ans, ça pousse trop vite…

Marc hésita entre deux suggestions : faire un dernier gosse ou laisser des doubles chez le voisin. Un peu plus tard, il retrouva une vieille connaissance, l'homme-qui-perdait-toujours-tout, une petite rente à l'année si l'on en jugeait par le nombre de fois où il appelait Marc au secours. Lequel ne savait plus s'il fallait plaindre cet homme pour sa mémoire défaillante, ou l'engueu-ler un bon coup pour qu'il se concentre un peu sur l'extérieur.

La nuit fut longue et pénible, il avait traversé la ville de long en large, perdu un temps fou, il avait même dû retenir sa colère face à un client qui l'avait traité de

Jean-Christophe Rufin
Le parfum d'Adam

Jean-Christophe Rufin
en Folio.

voleur. Accablé de mauvaise fatigue, il avait été le premier, au petit matin, dans le bassin de la rue Blomet, et s'était déchaîné sur un 100 mètres papillon rageur.

Cécile Tesseydre finit par le rappeler un matin pour lui proposer un rendez-vous. Elle disait lui devoir une explication, il en fut soulagé. Ils se retrouvèrent dans un bar américain de la place de la Madeleine où elle semblait avoir ses habitudes. Marc s'installa dans un fauteuil club et prit la même chose qu'elle. Il la regarda différemment, dépouillée de son arrogance depuis cette nuit-là. Il sirotèrent leur dry Martini en s'étudiant du regard durant une interminable minute qui soulignait leur gêne à parler de *ça*.

— J'ai déjà oublié ce qui s'est passé l'autre nuit, dit-il, si c'est ce qui vous inquiète. J'ai même oublié de vous facturer l'intervention, c'est dire.

Pour la mettre en confiance, il avait tenté l'humour. Elle sourit sans joie.

— Vous ne pouvez pas imaginer ce qu'on doit à celui qui vous délivre d'une pareille horreur.

Il ne répondit rien, tenta un instant d'imaginer ce qu'il ne pouvait pas imaginer, et l'écouta raconter son histoire. Si elle avait fait appel à un inconnu pour la libérer — et surtout pas à la police — elle avait à nouveau besoin de revenir sur l'événement avec ce même inconnu, car cette cruelle intimité les liait désormais. Elle n'était pas une femme de *ce genre-là*, le genre de celles à qui il arrive *ce genre de choses*. Avant son divorce, elle était même exactement le contraire, et elle aurait giflé celui qui aurait osé lui prédire de telles turpitudes.

Elle s'était mariée à vingt ans avec *l'homme de sa vie*, un brillant neurochirurgien qui n'avait jamais voulu lui faire d'enfant, terrorisé qu'il était par la paternité. Elle avait respecté le choix de cet homme qu'elle admirait tant, elle l'avait accompagné dans sa carrière qui passait avant tout, elle avait été son assistante, sa gouvernante et parfois même sa confidente quand il lui arrivait de vivre une passade que Cécile finissait toujours par pardonner. Elle s'était voulue *parfaite* pour celui qu'elle aimait et ne s'était épargné aucun effort afin qu'il soit toujours aussi fier de paraître à son bras. Mais quoi de plus fastidieux que l'idée de perfection en amour ? Aujourd'hui, l'homme de sa vie avait deux enfants avec une jeune femme de vingt-cinq ans qu'il avait rencontrée à un de ses cours.

Après ce cataclysme, elle avait traversé une dépression qui avait *ruiné tant d'années d'efforts pour rester belle.* Cécile parlait de sa beauté comme de son seul capital, dilapidé aujourd'hui. Elle n'avait jamais travaillé, et *ne savait rien faire*, un argument qui revenait souvent, comme une honte de n'avoir jamais su s'occuper d'elle-même. Elle avait contracté des dettes qui lui coûtaient désormais toute sa pension alimentaire. Elle avait essayé de trouver un travail grâce à ses anciennes relations, mais les portes s'étaient vite refermées après le divorce. Pendant quelques mois, elle avait été hôtesse d'accueil dans une galerie d'art tenue par une amie, elle s'était essayée à la gestion d'un haras en Normandie, elle avait même été dame de compagnie pour une vieille rentière, mais ça

n'avait pas duré : elle n'avait aucune compétence en rien, aucun talent particulier, et la vie ne lui avait jamais donné l'occasion de se débrouiller seule. Depuis, la peur de ne jamais retrouver un autre homme qui la ferait vivre l'avait poussée à multiplier les rencontres, à passer des annonces, à accepter les invitations de types qu'elle n'aurait pas même remarqués avant. Et plus elle s'acharnait et plus les hommes la fuyaient, à commencer par ceux qui auraient pu la sécuriser. Quant aux autres...

Parmi ces *autres*, il y avait des types qui présentaient bien mais qui avançaient masqués. Celui de l'autre soir... avait l'air si... attentionné... si... Il lui avait proposé un jeu qu'elle n'avait pas osé refuser. Et dès qu'elle s'était retrouvée attachée, il avait *profité de la situation* comme il l'entendait.

Elle s'arrêta après cette dernière phrase.

Dans le feu de la confession, Cécile avait oublié qu'elle s'adressait à un parfait inconnu qui en savait désormais bien plus sur elle que n'importe qui.

— Après tout, je l'avais bien cherché…

— Comment ça… ?

— C'est comme si j'avais voulu toucher le fond une bonne fois. Après ça, on ne peut que remonter, non ?

— …

— En tout cas, je préfère voir les choses comme ça, ça me fait moins mal.

Sans le lui dire, Marc trouvait délirant qu'une femme si raffinée et si cultivée ait tout misé sur son apparence, sur les hommes, et que la peur de ne plus séduire déterminât, à elle seule, la seconde partie de son existence. Pour se laisser le temps de trouver les mots, lui dire à quel point elle pouvait désormais compter sur elle-même — et peut-être un peu sur lui — il songea un instant à prolonger la soirée. Mais Cécile avait envie de rentrer et lui proposa de le rappeler pour l'inviter à dîner, elle y tenait. Marc retrouva son scooter avec l'affreuse impression qu'elle ferait bien de lui un ami.

Chez le docteur Mallard, Marc parla à nouveau de Cécile en prenant soin de la décrire. Il comprit alors l'affection qu'il avait pour elle et la joie de retrouver l'état amoureux, comme aux tout premiers jours de son idylle avec Magali. Le praticien ne prononça pas un mot et servit juste à déclencher l'aveu que Marc se faisait à lui-même.

— ... Si je l'avais croisée à vingt ans, je ne suis pas sûr que je l'aurais trouvée aussi gracieuse qu'aujourd'hui, aussi brillante. Sur son visage, je peux lire ce qu'elle a vécu, mais aussi toutes les belles choses qui lui restent à vivre. Peut-être quelques-unes avec moi...

Le psy ne retint qu'une seule information : c'était la toute première fois que Marc se projetait dans un futur.

Le premier client de la journée fut un vieux monsieur dont la cave avait été cambriolée ; par chance, ils n'avaient pris que quelques bricoles sans intérêt et avaient laissé sur place un rayonnage de bouteilles de grands crus classés. Marc lui proposa un arrangement : le remplacement de sa serrure contre une bouteille de cheval-blanc 1985. Il ne sut que plus tard dans la soirée pourquoi une telle idée lui avait traversé l'esprit.

Dans l'après-midi, il dut subir la présence oppressante d'un syndic d'immeuble qui lui avait fait remplacer les deux serrures donnant accès aux parties communes et à la cave ; dans la foulée il s'était occupé des boîtes aux lettres délabrées. Puis, vers la place Stalingrad, au quinzième étage d'une tour, il avait posé un blindage sur une porte à la demande d'un locataire angoissé par le voisinage et l'insécurité. Sous les yeux de Marc, l'homme avait testé l'armature en fer tout juste posée en la frappant à coups de marteau.

Vers 20 heures, il gara son scooter au pied de l'Église Saint-Eustache, près des Halles. Sur les marches, il appela Cécile et l'invita à dîner avec une telle spontanéité qu'elle n'eut pas le temps de refuser. C'était la toute première fois depuis bien longtemps que Marc prenait un risque en allant vers l'autre, et cet autre faisait ressurgir tant d'émotions oubliées. Il se sentait, enfin, comme n'importe quel homme qui tente sa chance auprès d'une femme.

Pour la séduire, il ne devait pas jouer d'atouts qu'il n'avait pas mais compter sur le seul qu'il possédait. Il

sortit de son top-case un sac en papier kraft qui conte-
nait un dîner acheté chez un traiteur, et la bouteille de
cheval-blanc. Elle arriva et l'embrassa sur les deux joues,
puis demanda où ils allaient dîner.

— Suivez-moi.

Ils longèrent l'église par la rue Montmartre et se
retrouvèrent devant une vieille grille dont il avait la clé.
À peine surprise, Cécile ne posa aucune question, incapable d'imaginer qu'ils allaient y pénétrer par effraction. Ils montèrent un escalier en pierre qui conduisait
à une lourde porte en chêne. Puis, dans un silence hié-
ratique, ils empruntèrent un autre escalier qui donnait
accès à des coursives qui surplombaient la nef et abou-
tissaient aux grandes orgues. Ils grimpèrent encore
quelques marches pour se retrouver dans une nacelle
à ciel ouvert qui dominait Paris.

Marc n'aurait pas pu imaginer meilleur endroit pour avoir Cécile toute à lui. Pendant qu'il préparait leur dînette, elle essayait d'un seul regard d'embrasser la ville et le spectacle lui donna le vertige. Dès le premier verre de vin, elle se sentit prise d'une légère griserie qui lui fit oublier l'étrangeté de la situation pour n'en goûter que l'exception, attendrie par l'intention romantique et naïve de ce presque inconnu. En picorant dans des barquettes, ils causèrent de tout et de rien, de ces petits riens qui reflétaient ce qu'ils étaient vraiment. Au troisième verre, elle devint bien plus volubile et, sans savoir pourquoi, elle lui parla avec ferveur de son amour des livres, de la beauté des volumes, des rayonnages de bibliothèques. Elle s'en était nourrie et avait grandi avec eux depuis l'adolescence, elle avait vécu par leur pré-

sence des moments dont jamais la vie réelle ne s'était
fait l'écho. Et lui n'avait su quoi répondre, il n'avait
jamais lu, ou si peu, rien de notable, rien d'exaltant. Il
aurait donné n'importe quoi pour évoquer un grand
moment de lecture, de ceux qui vous construisent et
vous accompagnent toute une vie, mais non, il n'en
avait pas, ça n'était pas sa faute. Elle lui demanda de se
raconter, lui, tel qu'il était vraiment, son parcours jusqu'à
aujourd'hui. Et Marc saisit cette occasion pour parler
de son *accident*, ce fut le premier terme qu'il employa,
puis il utilisa le mot *braquage*, comme si ce seul événement le caractérisait tout entier. Et tout de suite après,
il fit la liste de ses blessures, de ses injures physiques,
de ses coutures, de son épiderme grumeleux, de ses
difformités. C'était la première fois qu'il donnait lui-

même le détail des atrocités subies. Sans doute voulait-il la prévenir de ce qui l'attendait si par bonheur, un jour ou l'autre, elle consentait à faire l'amour avec lui.

Il lui proposa de la raccompagner en scooter. Un casque sur la tête, elle s'était accrochée à lui comme une adolescente, toujours étourdie par le vin et la vitesse, par la nuit et la présence tendre de cet homme qui ne lui demandait rien d'autre que sa compagnie. Marc s'arrêta rue des Petits-Champs, hésita un instant et s'engagea rue Vivienne. Il arrêta son scooter sur un terre-plein, face à un large portail qui ouvrait sur un petit parking privé, encadré de deux portes grillagées qui donnaient accès à un grand bâtiment en U. Il lui proposa de descendre et posa un doigt sur sa bouche avant qu'elle ne demande pourquoi. Il farfouilla un instant dans son top-case et y saisit une lampe de poche et un lourd jeu de clés parmi lesquelles il trouva celle qu'il cherchait.

— J'ai travaillé ici…

— Où que nous soyons, vous n'allez pas me faire le coup une deuxième fois !

Il passèrent facilement la première porte grillagée,
puis il contournèrent le bâtiment principal pour aboutir
à une sortie de secours, fermée la nuit par une chaîne
et un verrou. Une fois à l'intérieur, Cécile se laissa

guider dans un dédale de bureaux et de couloirs anciens,
jusqu'à une gigantesque salle entièrement dans la pénombre. Il lui demanda de se poster au milieu et d'attendre un instant. La pleine lumière lui fit tourner la
tête jusqu'au vertige. Elle se retrouva au cœur de la salle
principale de la Bibliothèque nationale, ovale, immense,

avec ses millions de volumes, son lustre, l'ébène de ses tables, le métal doré de ses lampes. Un tourbillon lumineux où la passion des livres se gorgeait d'Histoire.

Marc avait peu lu mais il savait ouvrir les portes.

— C'est fermé au public, même de jour, dit-il, assez fier.

Il la raccompagna rue du Ranelagh en laissant tourner le moteur de son engin, Cécile en fut presque surprise. Le côté chevaleresque de Marc cachait plus profondément une angoisse qu'il osait à peine s'avouer : il n'avait jamais refait l'amour depuis son agression et se demandait s'il en était toujours capable. L'idée le terrorisait depuis qu'il s'autorisait à rêver en croisant des femmes sur son passage. Elle lui proposa un dernier verre qu'elle n'avait pas.

Il attendit de se glisser sous le drap avant de se mettre entièrement nu. Elle n'était pas plus à l'aise que lui : elle acceptait à nouveau un homme dans sa chambre depuis cette nuit de cauchemar, un homme qui de surcroît avait été le témoin de son avilissement. Ils restèrent enlacés un long moment, immobiles, le temps de laisser la gêne s'estomper et faire place à tout le reste. Cécile enfouit son visage dans l'épaule de Marc et ses mains caressèrent son torse en s'attardant sur les zones meurtries qu'il s'était chargé de lui décrire. Ils abandonnèrent chacun toute résistance.

Au réveil, ils se consacrèrent l'un à l'autre. En étreignant le corps de cette femme, Marc avait reconquis toute une part de lui-même qu'il pensait sacrifiée. Il annula sa journée de travail et fit mille propositions à Cécile, qui assistait à cette résurrection sans en soupçonner l'importance. Mais elle savait qu'à cette joie soudaine allait succéder le désenchantement. La journée durant, elle ne fit que repousser l'échéance jusqu'au soir :

— J'aimerais que tu partes, maintenant.

— ...?

— Ne me demande pas.

— On se revoit quand ?

— On ne se revoit pas.

Elle lui redit à quel point elle avait aimé passer la nuit dans ses bras et qu'elle en garderait un merveilleux souvenir. Mais elle n'avait *plus le droit de s'attacher à personne*, pas même à un homme qui, par ses gestes de tendresse, avait peut-être racheté tous les autres. Abasourdi, Marc voulut en savoir plus, mais Cécile répétait la même phrase, incapable d'en trouver une autre, plus le droit de s'attacher à personne. Elle le supplia de quitter l'appartement.

Même si tout ça lui paraissait absurde et injuste, il préféra ne rien dire. Il imagina Cécile déstabilisée par sa rencontre avec lui, sans doute trop récente après ce qu'elle avait subi. Il respecta un réflexe de défense et s'en alla sans en demander plus. Il serait bien temps demain de revenir vers elle.

Quand il traversait une zone de turbulences, Marc se plongeait dans le travail jusqu'à l'épuisement. Mais cette fois ça n'avait pas suffi. Au bout d'une semaine d'appels sans réponse, il retourna chez Cécile muni de ses outils de travail, prêt à forcer sa porte.

Il n'eut pas besoin d'en arriver là, Cécile Tesseydre avait déménagé. Le gardien lui raconta ce qu'il savait : elle avait vécu ici avec son mari, il lui avait laissé l'appartement, et un loyer trop cher pour elle seule. Des huissiers étaient venus plusieurs fois. On avait vu aussi des agents de police perquisitionner chez elle. Elle avait plié bagage depuis trois jours, sans laisser d'adresse, et, à vrai dire, personne ne la regretterait dans l'immeuble.

Marc essaya de la retrouver par ses propres moyens mais n'aboutit à rien. Une femme était sortie de sa vie aussi vite qu'elle y était entrée, il devait s'estimer heureux de ce qu'elle lui avait donné, c'était inestimable. Il l'avait rencontrée au moment où il en avait le plus besoin. Tout ne pouvait qu'aller mieux, maintenant.

Mais tout allait de plus en plus mal. C'était moins l'absence que le mystère de ce départ précipité qui lui était insupportable. Il se mit à la haïr d'avoir, si vite, fait d'elle un souvenir.

Pour tenter de l'oublier, il enchaîna jours et nuits de travail, conscient de sa mission, presque son devoir : décloisonner ce qui pouvait l'être et prouver qu'aucune porte n'est infranchissable. Mais ce ne fut pas encore assez.

Incapable de se débarrasser d'elle par sa seule volonté, harassé de fatigue, il se souvint des paroles du détective privé qu'il avait croisé : *beaucoup d'adultères, pas mal d'espionnage industriel, et quelques personnes disparues…*

Le bureau de Mathieu Ceystac donnait sur une petite cour privée de la cité Paradis, dans le 10ᵉ arrondissement. Des dossiers en pagaille, de la vieille moquette, un ordinateur, et un petit portrait de Vidocq planté au milieu d'un mur. Mathieu paraissait plus jeune que ses quarante-cinq ans, il était grand et mince, et portait des vêtements stricts dans les tons beiges ou gris. Ses yeux rieurs et son air goguenard lui faisaient un visage de gosse frondeur.

— Vous vous souvenez de moi ?

— … Le serrurier ?

— Oui, le serrurier.

Marc avait décidé de jouer franc-jeu : il avait rencontré une femme qui avait disparu du jour au lendemain, il lui fallait à tout prix savoir pourquoi. Dès qu'il eut terminé de raconter son histoire, Mathieu lui proposa d'aller boire une bière dans le pub d'en face. Pensant qu'il s'agissait d'une procédure classique, Marc accepta. Ils se retrouvèrent devant deux pintes, et bavardèrent un bon moment avant de revenir sur l'affaire.

— Mon rêve, c'était de faire de la musique, dit Mathieu, mon petit groupe de jazz, la contrebasse, Min-

gus, c'est mon Dieu. J'en joue, parfois, j'accompagne des morceaux que je passe en CD, tout seul, c'est mon petit plaisir solitaire. Si c'était à refaire…

— On ne devient pas privé comme ça…

— Si. C'était un boulot qu'on pouvait faire sans compétences particulières, sans licence à payer. Suffisait d'un petit bureau et de fouiner dans la vie des gens, ça m'allait, j'ai pas beaucoup de sens moral. Et puis, trois ans de chômage, plus d'assedics, fallait bien que je trouve quelque chose… J'ai appris tout seul, j'ai fait semblant d'être un pro avec les premiers clients, j'ai planté la plupart de mes filatures, j'ai fait des photos nulles où on ne reconnaissait personne. C'est pour dire : à la fin d'un entretien, le client en connaissait plus sur moi que moi sur lui.

— Comment s'est terminée l'histoire de l'hypermarché, au fait ?

— J'ai cru que le magasinier était dans le coup, mais après votre intervention, ça n'était plus si sûr. En fait, le chef de la sécurité n'était pas irréprochable, dans cette affaire…

Mathieu invoqua le secret professionnel et Marc n'en sut pas plus.

— Et vous, c'est comment, les serrures ?

Ils s'amusèrent à inverser les rôles et Marc joua volontiers celui de l'interviewé. En voulant résumer son boulot en quelques phrases, certaines lui apprirent des choses qu'il ne s'était pas encore formulées. Bien vite,

les deux hommes trouvèrent des points communs à leurs activités.

— On fraie dans les mêmes eaux, dit Mathieu. Vos portes cachent toujours quelque chose, hein, c'est comme mes clients…

Ils commandèrent deux autres bières sur l'initiative de Marc qui n'avait pas pratiqué depuis longtemps la conversation de comptoir. La conversation tout court. Quand lui prenait l'envie de raconter à un ami tout ce qu'il ne disait pas au docteur Mallard, il hésitait à rappeler Titus pour lui demander des nouvelles, et peut-être renouer avec une amitié perdue. Mais il craignait toujours de se confronter à ceux qui l'avaient connu avant le chaos. Il se sentait désormais plus proche d'un Ceystac qui, comme lui, avait choisi de vivre en décalage de ses contemporains et qui, comme lui, savait en peu de mots exprimer son sens de la comédie humaine.

Mais juste au moment où Marc se laissait gagner par une confiance qu'il n'accordait plus, il perçut dans le regard de Mathieu une soudaine gravité :

— Si on y réfléchit bien, dit-il, un type qui fait votre boulot serait très utile à quelqu'un qui fait le mien.

— … Qu'est-ce que vous voulez dire ?

Mathieu regarda par-dessus son épaule et baissa d'un ton.

—Vous vous rendez compte du temps que je gagnerais si je pouvais pénétrer chez les gens que je file ?

— …?

— Tenez, en ce moment, j'ai un client qui soupçonne un de ses meilleurs amis de lui avoir volé un…

— Dites-moi que vous plaisantez, là…

— Je ne suis pas le plus mauvais détective de la place, mais avec un type comme vous, je deviendrais sans doute le meilleur.

Marc le fixa sans mot dire, puis sortit un billet de sa poche et le posa sur la table.

— Ne le prenez pas comme ça, fit Mathieu, ça vous va bien de jouer les offusqués… Il faut ne douter de rien pour entrer dans une agence de recherches et demander des renseignements sur un individu, sans aucun lien de parenté avec lui, sans aucune légitimité ! On n'enquête pas sur les personnes privées à la demande du premier venu, même un amoureux transi. Dans toute agence à peu près sérieuse, vous aurez la même réponse. Rendez-moi un ou deux services, et je vous la retrouve, moi, votre Cécile…

Marc quitta le pub sans se retourner. Après tout, il avait bien raison de ne fréquenter l'espèce humaine qu'entre deux portes.

Il se mit en quête d'une autre agence, releva une adresse qui s'imposa parmi d'autres, et fut reçu dans des bureaux près de la rue de Rivoli. On lui répéta, au mot près, ce que lui avait dit Mathieu : on n'enquêtait pas sur n'importe qui à la demande de n'importe qui, mais peut-être qu'un charlatan aurait moins de scrupules, il y en avait plein les bottins. On lui dit exactement la même chose dans l'agence suivante, avec la même ironie. Marc dut le reconnaître, son *affaire* n'était pas recevable. En se maudissant de le faire, il saisit son téléphone pour rappeler Mathieu Ceystac.

Il passa une partie de la journée à poser des serrures dans un grand local de photocopieurs du côté de Jussieu. Soûlé par le bruit incessant des machines, il alla manger son sandwich sur un quai de Seine et en profita pour confirmer ses rendez-vous de l'après-midi.

Le premier le conduisit au dernier étage d'un immeuble de la rue des Pyrénées. Des chambres de bonnes aux murs léprosés, certaines fermées par de simples rideaux, des locataires qui buvaient du thé dans les escaliers, une femme qui lavait un bébé au robinet du couloir. Le client, un type d'une trentaine d'années, habillé d'un jean et d'un anorak noir attendait Marc, assis, en haut de l'escalier. Sans se lever, il tendit une main nonchalante que Marc serra.

— Il paraît que vous travaillez bien.

— Qui vous a dit ça?

— On m'a dit que vous bossiez de temps en temps pour la NSCR.

Une multinationale de caisses enregistreuses et de scanners qui occupait six étages d'une tour de la Défense. Marc les avait équipés en serrures et assurait une maintenance en moyenne un jour tous les deux mois.

Toujours assis, l'homme ajouta avec un demi-sourire :

— Là-bas on raconte une histoire, sur vous. On dit

que des industriels de la serrure font appel à vous avant de lancer sur le marché un nouveau modèle garanti inviolable. Il paraît que vous êtes arrivé à en crocheter.

Ça n'était arrivé qu'une seule fois, presque par hasard. Un fabricant avait demandé à plusieurs artisans de donner un avis sur un produit récent, et Marc avait trouvé une faille. Cela avait suffi à lui créer une réputation auprès de ceux qui connaissaient l'anecdote.

Les coudes calés entre deux marches, le client ne se levait toujours pas et scrutait Marc en silence.

— Vous m'avez fait venir pour quoi ?

L'homme lui demanda de le suivre dans une chambre de bonne dont la porte était déjà grande ouverte. Ils pénétrèrent dans une petite pièce où quelques meubles, dont une vieille armoire couchée sur le flanc, prenaient la poussière. Le client disposa deux chaises face à face et invita Marc à s'asseoir devant lui.

— J'ai besoin d'un bon technicien. Un très bon.

— …

— J'ai un objet équipé d'un système de fermeture inviolable.

— C'est quoi, cette embrouille ?

— C'est une affaire un peu délicate…

— Si vous voulez un crocheteur, faites appel à un SOS-plomberie-éléctricité-serrure, ils laissent leurs cartes partout. Ils vous massacreront n'importe quelle serrure si vous y mettez le prix.

— Je ne peux pas prendre le risque de travailler avec un minable, j'ai besoin du meilleur.

Marc se leva et se dirigea vers la sortie mais l'homme le retint par le bras.

—Vous pouvez vous faire un bon paquet de fric si vous parvenez à ouvrir ces putains de fermoirs.

Marc se figea au seuil de la chambre, droit comme un I, la sacoche pendante au bout du bras. La peur s'installait déjà, irrationnelle et prémonitoire.

Ces putains de fermoirs…

Une sorte de bouffée de chaleur lui enveloppa la

nuque et le front, et un tiraillement sourd au fond des tripes lui fit porter une main à son ventre.

Le client ouvrit les deux battants de l'armoire couchée pour en sortir une petite malle en métal bleu vif, surmontée d'une armature noire qui formait un couvercle muni d'une fente et d'une poignée. Marc reconnut l'objet dans l'instant.

—Vous savez ce que c'est?

— On appelle ça une « valise intelligente ».

L'homme ne s'attendait pas à une réponse aussi spontanée.

— … Vous en avez déjà vu ?

— Jamais. Je sais que les convoyeurs en utilisent. Personne à ma connaissance n'a réussi à en ouvrir une.

Marc agissait en pilotage automatique, il s'entendait prononcer des mots qui lui venaient naturellement, et se penchait sur la valise avec une curiosité toute feinte.

— Ça fait maintenant trois ans que je vis avec cette valise. Jamais connu ça, même avec une femme. Quand je ne suis pas dans la même pièce, je pense à elle. Parfois je rêve d'elle. J'ai envie de l'emmener partout avec moi de peur de la perdre.

Trois ans. Marc n'avait entendu que ça.

— C'est comme un trésor qu'on possède sans pouvoir en jouir.

À l'époque, durant de longues heures d'attente dans le fourgon, face à ces valises, il avait imaginé le drame absurde de celui qui se risquerait à voir ce qu'elle contient : au lieu de posséder une fortune, il se retrouvait avec un objet lourd, encombrant, laid, et mort.

— Seulement, ça ne s'ouvre pas comme une boîte de conserve. Vous n'avez droit qu'à un seul essai, sinon les billets qui sont à l'intérieur sont maculés d'encre. Si vous échouez, vous perdez tout, et moi aussi. Vous vous en sentez capable ?

Marc saisit la valise, fit semblant d'en étudier les fermoirs, chercha discrètement son numéro de matricule. Une décharge d'adrénaline lui chauffa le corps entier, et son angoisse se transforma aussitôt en délectation morbide.

— Alors… ? Vous vous en sentez capable ou pas ?

Marc réprima un fou rire. Ses yeux s'embuèrent tout à coup. Il se laissa tenter par la question : était-il capable de réussir là où tous les autres avaient échoué ?

Il s'entendit répondre :

— Pour 50 % de ce qu'elle contient.

Après un long moment de négociation, que Marc rendit difficile par ses exigences, ils se mirent d'accord sur une répartition de 30/70. Il ajouta qu'il avait besoin de deux jours pour étudier les fermoirs et imaginer une solution, ce que le client trouva légitime. Mais cela impliquait que, d'ici là, ils ne se quitteraient plus. Marc lui proposa d'aller s'installer en banlieue, dans son atelier — qu'il appela son « laboratoire » — un endroit tranquille où se trouvait tout le matériel nécessaire.

La voiture tourna un moment dans les ruelles de Meudon puis sortit de la ville pour rejoindre la forêt. Le client conduisait pendant que Marc, tout en indiquant le chemin, annulait ses rendez-vous pour le reste de la journée. La voiture s'arrêta devant la grille d'une superbe propriété en construction, un ancien corps de ferme rénové et rehaussé de plusieurs étages. Les échafaudages s'y trouvaient encore.

— Ça appartient à des amis qui vont bientôt revenir en France, mais ils n'ont plus de quoi payer les travaux.

Ils m'ont laissé les clés, c'est là que j'entrepose tout mon barda.

L'homme se foutait bien de tout ça et ne songeait qu'à être délivré de son poids mort. Marc lui demanda de lui confier la valise et de le suivre dans l'allée de gravier, puis dans un escalier qui menait au sous-sol. Une première porte en métal, qui se referma d'elle-même, leur donna accès à une cave.

— On y voit que dalle, vous êtes où… ?

— L'interrupteur est de ce côté-ci, bougez pas…

Sans se précipiter, Marc passa une seconde porte et la claqua derrière lui avant que son client ne s'en aperçoive.

Celui-ci attendit un instant dans le noir, avant de réaliser qu'il venait d'être fait prisonnier, et commença à tambouriner.

Marc se retrouvait dans l'autre partie de la cave, éclairée, aménagée en atelier, équipée d'un établi, d'un réfrigérateur et de divers meubles de jardin. Il quitta les sous-sols par la sortie opposée, et rentra la voiture dans la propriété. La valise à la main, il rejoignit le centre-ville à pied en direction d'une station de taxi.

Il travailla toute la soirée durant, comme si de rien n'était, plein d'une énergie insoupçonnée. Il croisa son lot quotidien d'âmes en peine, d'étourdis irascibles et de situations tordues. Vers une heure du matin, il retrouva Mathieu Ceystac dans un café près de la gare du Nord.

— Je ne vous demande rien de plus que ce que vous faites tous les jours pour plein de gens, dit Mathieu.

— Quand ?

— Maintenant.

— … Maintenant ? Mais…

— Je sais que la maison est vide jusqu'à demain soir, on ne peut pas rater cette occasion. Vous grimpez dans la voiture, vous m'ouvrez la porte que je vous indique, et je vous retrouve votre nana. N'y repensez pas, venez.

Leur pacte était scellé. Dans la voiture qui les conduisait au Chesnay, Marc s'interrogea sur le fonctionnement d'un type comme Mathieu. S'il le détestait pour ce marché qu'il lui imposait, il ne pouvait s'empêcher d'envier à ce salaud sa désinvolture. Manipulation, mensonge, malversation, et, pour couronner le tout, une bonne humeur à recevoir des gifles. Le comble : Mathieu prétendait agir *pour une bonne cause*, c'était comme ça qu'il avait présenté l'affaire pour lui soulager la conscience. Quelle putain de bonne cause pouvaient-ils servir, tous les deux, en escaladant un mur d'enceinte à 2 heures du matin ?

Sur place, rien ne se déroula comme Mathieu l'avait prévu. Devant la porte d'entrée de la maison, il ne fallut que quelques secondes à Marc pour la déclarer incrochetable. Mathieu perdit son calme apparent et soupçonna de la mauvaise volonté chez son acolyte.

— Alors on fait quoi, là ?

Marc fit plusieurs fois le tour de la villa, immense, entourée de colonnes en faux marbre, et s'arrêta devant un jardin d'hiver fermé par une porte en verre et fer forgé.

— Par là, on a une chance.

Marc ne retourna dans la propriété de Meudon que trois jours plus tard. Il découpa à la scie sauteuse une ouverture de dix centimètres sur dix dans la porte de la cellule. Son prisonnier n'avait plus la force d'insulter, ni de hurler, ni de menacer, à peine celle de supplier. Marc lui jeta une bouteille d'eau et quelques fruits par l'ouverture, juste de quoi maintenir en vie celui qui, trois ans plus tôt, avait fait de lui un mort-vivant.

L'homme en question n'en était déjà plus un et ressemblait à un moribond à bout de forces d'avoir trop

hurlé, et frappé contre les murs, et maudit son tortionnaire, et appelé à l'aide. Il n'espérait plus rien maintenant qu'un peu de pain et d'eau, et peut-être le son
d'une voix humaine. Rien ne l'avait préparé à subir une
telle épreuve.

Marc s'était installé dans un vieux fauteuil décharné
et sirotait maintenant un Coca frais en attendant que
les feulements cessent. Puis il s'adressa à son prisonnier.

— Je n'ai eu le temps de voir aucun de vous, mais j'ai
su par la suite que vous étiez cinq. Je ne sais pas lequel

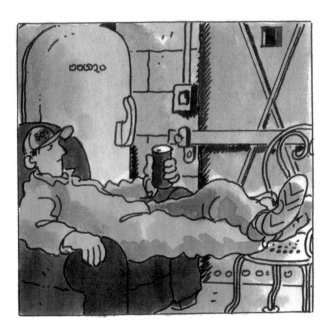

tu étais, toi. Tu as mitraillé le pare-brise ? Tu as posé le pain de plastic ? Tu as envoyé la roquette ? Peu importe, après tout. Tu étais présent. Et aujourd'hui, j'aimerais que tu te fasses une idée précise de ce que tu as provoqué ce jour-là. Pour ça, je vais te parler de ce que tu ne connais pas, que tu serais même incapable d'imaginer : je vais te parler des victimes. Toi, tu te connais déjà bien, je ne vais rien t'apprendre. Tu as fait un choix, celui d'être en marge. Tu passes pour un rebelle et le monde aime les rebelles. Ils ont du panache, ils sont indépendants, on leur envie une liberté que personne n'ose prendre. Tu as refusé d'être un esclave dans cette société où, sans argent, tu es pire que rien. Tu n'es pas un simple voleur de poules, non, toi tu iras jusqu'au bout s'il le faut, quitte à avoir du sang sur les mains. Aujourd'hui, ton métier, c'est le crime. Tu sais que cela comporte des risques et tu es prêt à en payer le prix si la justice te rattrape. Tu trouveras un avocat que tu paieras très cher et qui saura parler de toute la disgrâce qui t'a conduit jusque dans le prétoire : une enfance dans la misère, des parents confrontés à l'injustice, une première erreur de jeunesse qu'on t'a fait payer très cher et qui t'a endurci et poussé dans la voie du crime. Et tu feras de la prison, parce qu'on n'a encore rien trouvé d'autre. Et puis, un jour, quand on considérera que tu as payé ta dette, tu retourneras à la vie. On t'accordera cette chance. Cette chance que n'auront jamais les victimes. Tu as déjà dû entendre ce mot : « victime ». Je vais te dire ce qu'est une victime. Une victime, c'est

un peu le contraire d'un rebelle. On n'aime pas entendre parler des victimes. Elles sont le miroir d'une mauvaise conscience, leur douleur est gênante, et leur cri
insupportable. On ne sait pas quoi dire à une victime,
sinon évoquer la fatalité. Les victimes sont victimes
de la fatalité. On attend des victimes qui ont survécu
qu'elles se cachent. D'ailleurs, c'est ce qu'elles font,
sans qu'on le leur demande. Laisse-moi te parler des
victimes…

Et Marc parla longtemps.

De l'autre côté de la porte, il n'y avait que silence.

Il posa la valise dite intelligente à plat sur la chaise et passa délicatement ses pouces sur les fermoirs. Puis il l'inspecta sous toutes les coutures, comme il l'avait fait, dès le tout début de son exercice chez Transval, pendant un long parcours en banlieue. Lui était venue cette étrange image d'un coquillage qui meurt dès qu'on l'ouvre.

Il passa l'après-midi à la retourner dans tous les sens. Le corps de la valise était en aluminium renforcé et le couvercle en Tektonite haute résistance. Entièrement protégée par un filet électronique, elle était dotée d'une sirène de 110 décibels et d'une boîte noire qui enregistrait le moindre déplacement. Un programme de temps contrôlait l'ouverture, la fermeture et la poignée de transport. Elle pouvait contenir jusqu'à 5 500 billets qui, à la moindre fausse manœuvre, se maculeraient à 100 % d'une encre indélébile.

Sans le savoir, l'homme qui l'avait mise entre ses mains avait lancé un défi que Marc avait envie de relever pour se confronter à ce qu'il considérait désormais comme son art.

Les jours passaient et Marc commettait des erreurs, oubliait ses engagements, arrivait en retard aux rendez-vous. Mathieu ne le rappelait pas. Deux semaines sans lui donner signe de vie, sans le tenir au courant de ses premiers résultats. Marc renonça à passer ce coup de fil où il s'entendrait dire que l'enquête avançait à son rythme. Mais si ce salaud de privé ne rappelait pas dans les vingt-quatre heures, il irait crocheter la serrure de son bureau et faire un feu de joie de ses précieux dossiers.

Mathieu se manifesta enfin et lui fixa rendez-vous.

— Pas facile à pister, la Cécile… Elle a habité dans un hôtel de la rue de Turenne, et hop, disparue.

— Elle veut échapper à quelqu'un ?

— Non, elle n'a plus un sou. Mais bientôt, elle aura un domicile fixe.

— Où ?

— À Fleury, ou à Châlons-sur-Marne si elle a un peu de chance. On pourra tous aller la visiter, le jeudi.

Marc fit semblant de ne pas comprendre.

— J'ai retrouvé sa trace grâce à une comparution au palais de justice. Son procès a lieu dans moins de deux semaines.

— … Un procès ?

Mathieu cessa ses effets d'annonce et lui raconta en peu de mots une histoire que Marc connaissait en partie, celle de Mme Tesseydre, mariée et abandonnée, incapable de subvenir à ses besoins. Il se souvenait à quel point Cécile avait insisté sur ce point : *elle ne savait rien faire*. Devant lui, elle avait dressé la courte liste de

ses activités rémunérées après le divorce, mais elle avait omis certains détails.

— Elle a fait une connerie, dit Mathieu.

Parmi ses expériences, elle avait été la *demoiselle de compagnie* d'une veille dame qui avait décidé de mourir chez elle. Un job à plein temps : vivre à demeure, recevoir les infirmières, préparer les repas, faire la lecture et éteindre la télévision. La dame en question était la riche veuve d'un expert auprès du cabinet de dessins du Louvre, spécialisé dans le XVIIIᵉ.

— Dans sa collection personnelle, elle avait des études de nus de Boucher, des lavis de Goya, des trucs comme ça.

À l'ouverture du testament, son fils et seul héritier, s'était aperçu qu'une pièce manquait, un dessin préparatoire de Watteau estimé à 150 000 euros.

— Il a porté plainte, et on a retrouvé le dessin chez

Cécile Tesseydre après une perquisition. Elle a juré que la vieille lui avait donné, qu'elle avait même laissé un papier signé de sa main, mais on ne l'a jamais retrouvé. Elle avait travaillé dans une galerie d'art et pensait pouvoir le refourguer, cette conne… Vol avec circonstances aggravantes, abus de confiance, elle risque jusqu'à deux ans fermes. Et elle les fera.

Marc, égoïstement, se sentit soulagé : Cécile ne l'avait pas quitté à cause de lui, ou d'un autre ; en le mettant à la porte de chez elle, elle avait seulement voulu l'épargner.

— Retrouvez-la-moi.

— Laissez tomber.

— Retrouvez-la-moi !

— Si vous insistez. Mais vous connaissez le tarif.

Installé dans le vieux fauteuil, une cigarette au bec, Marc regardait fixement l'ouverture de la porte en espérant voir apparaître le visage de son prisonnier. Mais l'homme n'avait plus la force de se hisser sur ses jambes et restait prostré dans un coin de sa cellule, forcé d'écouter la litanie macabre de son bourreau. Sa voix le terrorisait, et ses mots provoquaient chez lui une douleur plus intense encore que la souffrance physique.

— Je t'ai parlé de Laurent et de Sylvain ? Mes collègues morts ?

L'homme savait qu'il allait souffrir jusqu'à la dernière phrase et ne cherchait plus à comprendre. Il regrettait la justice des hommes, un procès en bonne et due forme dont il aurait accepté tous les verdicts pour se retrouver dans une vraie prison avec de vrais matons. Tout châtiment était plus juste que le traitement que lui faisait subir ce monstre, qui lui donnait à peine de quoi se nourrir, le forçait à écouter ses horribles discours, et lui promettait une fin immonde.

— Laurent, c'était la jeunesse à lui tout seul. Chacun de ses gestes disait son envie de se colleter à l'existence. Toutes ses phrases ne délivraient qu'un seul message : « Bientôt, je vais vous épater. » Il était vif et malin, intempestif, maladroit, exaspérant, drôle, et imprévisible. Il avait compris que son bonheur ne passait pas par le malheur des autres, il pensait que sa vie serait celle qu'il se serait forgée, celle qu'il méritait. Laurent ou les grandes espérances… Il se voyait travailler dans un hôtel de luxe qui appartenait à une star de cinéma, sur une île du Pacifique. Il avait une recommandation de son oncle, un truc sérieux, il disait, et, qui sait, ça aurait pu marcher. On ne pouvait pas savoir, avec lui. Il fallait l'entendre parler de son île… Des papillons comme des mouettes, une eau turquoise, des femmes en bikini qui sourient toute la journée… Aujourd'hui, il aurait peut-être pris du grade comme transporteur, et il aurait peut-être fait deux gosses à une brave fille de son quartier. Ou alors, il y serait bel et bien, sur son île, exactement comme il nous le promettait. On ne saura jamais, il est mort brûlé vif dans une boîte de conserve.

L'homme prostré se laissa glisser à terre pour se rouler en boule.

— Et Sylvain, le vieux, tu ne l'as pas connu non plus… Un vieux qui avait la vie devant lui, et pour lui, la vie, c'était la retraite. Il parlait de sa putain de retraite comme de l'Eldorado. La fin des emmerdements, le début de la bamboche… À force de trimer, sa femme et lui, ils s'étaient fait construire leur *Sam Suffit* en Provence, petite villa, petite piscine, autant dire le palace de leurs rêves, et c'est ce rêve qui leur avait permis de tenir bon. Une fois les gosses partis, ils allaient en profiter du matin au soir, et parfois du soir au matin, de leur Xanadu. Ça s'est fini autrement. C'est de sa faute, après tout, il n'avait qu'à commencer à vivre avant soixante ans.

Le prisonnier sanglotait, il avait envie de survivre, il le hurlait maintenant, terrorisé à l'idée de mourir à cause de ça, de la retraite de Sylvain, des papillons de Laurent, de la démence de ce serrurier bavard, de cette valise aux billets bleus. Il allait mourir, mourir, mourir.

On n'a rien sans rien. C'était écrit en capitales sur le front de Mathieu.

— J'ai une bonne chance de localiser votre chérie, elle a un fil à la patte avec sa procédure, mais je dois laisser tomber toutes mes autres enquêtes pour faire du plein temps sur l'affaire Tesseydre…

— On va où, cette fois?

— Dans une petite garçonnière du 15ᵉ où vit un type qui fait des photos.

— Passez-moi les détails.

— Ne me regardez pas comme ça, dit Mathieu, ce n'est pas moi, le salaud, c'est ce gars-là, il s'est fait connaître des services de police en…

— La ferme!

Marc allait s'exécuter mais il exigeait qu'on lui épargne la fausse bonne conscience et les mensonges extravagants. La garçonnière en question était en fait un petit labo photo aux fenêtres aveugles. Marc réussit à l'ouvrir avec un simple passe et fut bien forcé d'y entrer pour ne pas attirer l'attention sur le palier.

— Faites vite, nom de Dieu.

— Depuis qu'il l'a contrainte au divorce, son ex-femme veut le faire tomber pour une affaire de mœurs…

Marc n'écoutait pas et restait assis sur un tabouret, les bras croisés, résigné. Il se demandait au nom de quoi il subissait l'odieux commerce de Ceystac : il avait beau être amoureux de Cécile, il n'avait aucun respect pour *l'affaire Tesseydre*. Vouloir la secourir à tout prix lui paraissait maintenant absurde. Tous les jours, des gens mouraient dans la misère et la violence, et partout dans les rues on croisait, sans les connaître, des hommes et des femmes en souffrance, des êtres blessés, des corps malades, des désespérés qui voulaient en finir, des âmes perdues, frappées par le malheur. Et au milieu de cette tragédie humaine, Madame Cécile Tesseydre avait volé un dessin parce qu'*elle ne savait rien faire*, parce qu'*elle avait peur de manquer*. Il se demandait s'il devait la détester pour ça, avoir pitié d'elle ou l'aimer plus encore.

— On se tire, fit Mathieu en roulant une chemise cartonnée dans la poche intérieure de son imper.

Il l'avait étudiée, radiographiée, pesée, plongée dans l'eau, passée au scalpel. Les rounds d'observation avaient été nombreux et délicats, mais elle avait tenu bon. Et Marc aussi.

La valise était devenue comme une mégère qu'il se chargeait d'apprivoiser pour qu'elle se donne, enfin. Si quelqu'un avait réussi à la fermer, la logique voulait qu'un autre parvienne à l'ouvrir. L'ouvrir par la ruse ou par la force et voir ce qu'elle avait dans le ventre.

De fait, il s'agissait bien d'une opération à cœur ouvert, avec pinces, clés, bistouri, sueur au front et danger de mort. Et il n'avait droit qu'à une seule chance.

Il nourrit son prisonnier de la façon habituelle, en lui jetant de l'eau et des fruits par l'ouverture, et s'installa dans son fauteuil, comme le voulait le rituel. Il se sentait bien, presque serein. Sa confession le délivrait, et son prisonnier constituait un bien meilleur auditoire que le Dr Mallard. Marc parlait sans aucune censure et laissait s'exprimer le fond de son cœur. Face à un monstre, il n'avait aucune honte à libérer sa propre noirceur. Face à un monstre, il pouvait égrener les pires horreurs. Il s'en sentait le droit.

— J'hésite encore sur la façon dont tu vas mourir.

Depuis quelques jours j'essaie d'imaginer une fin longue et raffinée. L'idéal serait une torture inédite, insoupçonnable, et c'est difficile, crois-moi. L'espèce humaine s'est illustrée sur ce thème-là depuis la nuit des temps. J'avais songé à des rats, une centaine de rats qui cohabiteraient dans ta cage. Au début, tu aurais juste à surmonter ta terreur. Et puis, à la longue, ce seraient eux qui deviendraient nerveux. Ils comprendraient que tu serais le seul à te nourrir dans un si petit espace. Ils ne supporteraient pas ton statut de privilégié. Ça commencerait à gronder dans les rangs. Il y aurait procès. Et verdict. Et tu ne verrais pas venir le châtiment. Bien pire que la justice des hommes. Mais mon envie de te voir souffrir me suggère tant d'autres idées… Je me sens l'âme d'un grand tortionnaire. Et

Dieu sait pourquoi, je n'éprouve aucune mauvaise conscience. Au contraire, je ressens comme un apaisement et une joie intense à l'idée de ton supplice. Des plaies se sont cicatrisées. Je vais mieux. Dieu existe forcément puisqu'il t'a mis sur ma route une seconde fois. Je suis un instrument divin. Je vais rétablir l'ordre des choses. Je vais agir en faveur de l'harmonie universelle.

L'homme, derrière la porte, lui donnait raison sur tout. Il se sentait pourri de l'intérieur et sa monstruosité le dégoûtait. Il n'avait plus la force d'appeler ni la condamnation ni la clémence.

Un petit hôtel particulier, vers la porte de Passy, entouré d'un gigantesque mur d'enceinte qui laissait deviner une propriété de plusieurs hectares. C'était donc là que Cécile avait joué les gouvernantes, c'était là, au milieu de ses estampes, que la vieille dame s'était éteinte, et c'était là que désormais son fils de cinquante ans s'était installé, célibataire et sans enfant.

Marc tenait dans une main l'adresse griffonnée, et dans l'autre il serrait fort la poignée d'une petite valise en carton, bouclée par une ceinture en tissu. Il avait mis la seule cravate qu'il possédait et s'était peigné pour la première fois depuis longtemps. Il ressemblait à un travailleur émigré, tout juste débarqué, qui chercherait à faire bonne impression. Il se décida à sonner et attendit un long moment avant de voir apparaître une silhouette, cauteleuse, sur le perron.

Au téléphone, l'homme avait eu un réflexe de méfiance quand Marc s'était présenté comme un ami de Cécile Tesseydre, mais il avait fini par lui accorder un rendez-vous. Il lui proposa de le suivre, à quelques rues de là, dans un salon de thé que sa mère fréquentait déjà. Ils s'installèrent dans un petit salon à l'écart et commandèrent des express sans les boire.

— Je suis venu vous demander d'abandonner vos poursuites à l'encontre de Cécile Tesseydre. Retirez votre plainte, faites en sorte que l'on retrouve un mot de votre mère, voyez avec vos avocats, il y a sûrement un moyen.

Le vieux garçon ne réagit pas et attendit la suite. Marc, surpris par son flegme, se força à reprendre.

— Qu'elle aille en prison ou non ne changera rien…

Il débita des banalités sur le bien-fondé de la punition, sur la lourdeur de la peine, sur l'irréversible cassure que Cécile allait vivre, sur les bienfaits du pardon, et son speech prenait des allures de supplique. L'autre ne sortait pas de son mutisme et le fixait droit dans les yeux, impassible, comme pour faire comprendre qu'il avait tout son temps et qu'il avait envie de le voir se débattre, curieux de ses limites.

— Je sais ce que vous êtes en train de vous dire : «Pourquoi ferais-je une chose pareille pour un type que je ne connais pas, qui débarque pour me donner des leçons de morale ?» Eh bien, je vais vous dire pourquoi vous allez le faire.

Sûr de son effet, il dénoua la sangle de sa petite valise et lui montra ce qu'elle cachait : 550 000 euros bien propres, ordonnés en liasses.

Sitôt la valise de Transval ouverte, il en avait vidé le contenu dans une autre, sans oublier un seul billet, sans même se donner le temps de réfléchir ni de regretter,

c'était le meilleur usage qu'il pouvait faire de cet argent : négocier la liberté de la femme qu'il aimait.

Mais les yeux de l'homme ne brillèrent d'aucun éclat particulier. Au contraire, il jeta un œil sur les liasses et se cala contre son dossier, le regard absent, comme lassé par un rendez-vous qui n'avait que trop duré. Marc se sentit humilié par ce silence méprisant, il s'était rendu ridicule devant ce type qui l'avait écouté et jugé sans mot dire.

— Dites quelque chose, bordel !

— … Mon père était une autorité internationale dans son domaine. Tous les musées du monde venaient le consulter pour authentifier un dessin d'art du XVIIIe. Il était riche et vivait entouré de chefs-d'œuvre. Et pourtant, il ressemblait à un clochard, il ne se lavait pas et ne se changeait jamais. Il nous faisait honte, à ma mère et moi. Les rares moments où il était à la maison, il s'enfermait des journées entières dans son bureau, une grande pièce sans meubles éclairée par une ampoule nue, avec des œuvres entassées partout autour de lui, des Fragonard, des Watteau, des Daumier. Il disait qu'un jour tout finirait au Louvre. Maintenant que ma mère est morte, je veux me débarrasser de tout et agir selon son souhait, je vais faire donation au Louvre de la totalité de sa collection. Je ne veux plus jamais voir ces dessins, je veux qu'ils sortent de ma vie. Bientôt, je serai libre. Avec votre argent, je vais pouvoir vivre sans avoir à vendre la maison.

Marc ne comprit pas un traître mot de cette histoire ni pourquoi on la lui racontait.

— Ça veut dire que… que vous êtes d'accord ?

L'homme se mura à nouveau dans le silence et Marc n'eut pas sa réponse. Mais il sortit du café les mains vides.

Il passa sa lampe torche à travers l'ouverture de la cellule pour admirer sa belle ouvrage : ce qui jadis avait été un homme arrogant, méprisant le commun des mortels, sûr de lui, de ses valeurs, de son bon droit d'exister sur cette terre, de son bon droit de disposer de la vie des autres, cet homme-là était devenu une loque implorant le pardon, un déchet conscient de sa bassesse, un amas de chair meurtrie et prêt à s'éteindre. Marc se réjouit du spectacle, en éprouvait un sentiment de plénitude et de réconciliation, et aucune thérapie ne lui aurait assuré un tel résultat.

Il s'adressa à cette carcasse recroquevillée, hirsute et malodorante, le visage creusé, mangé par la barbe.

— Tu m'as donné les noms de tes complices, et je

leur ai laissé un message, à tous les quatre. Je leur ai indiqué un endroit où trouver la valise de Transval. À l'heure qu'il est, ils se demandent ce qu'est devenu le contenu. Ils auraient aimé le voir. Même des billets bleus. Ils ont besoin d'explications.

Il empoigna par le col son prisonnier et le traîna à l'air libre. Dans l'allée de gravier, son corps titubait, les yeux agressés par la lumière. Chaque fois qu'il trébuchait, Marc le redressait d'un coup de pied dans les côtes. Ils s'arrêtèrent devant la grille.

— Tu es libre.

L'homme ne comprenait pas. Agenouillé au pied de Marc, il se mit à pleurer d'épuisement.

— Tu n'es plus qu'un chien livré aux chiens. Ils ne tarderont pas à te retrouver. Mais tu as une chance de t'en sortir. Celle que tu n'as pas laissée à tes victimes.

Éperdu de reconnaissance, il embrassa les mains de son bourreau et sanglota de plus belle. Une dernière ruade le jeta hors de la propriété, et Marc le vit s'éloigner en essayant de retrouver la station verticale, de marcher comme un être humain. Il lui faudrait maintenant survivre à la haine de ses complices, déjouer la fatalité, et trouver un sens à son existence. Une toute nouvelle vie à bâtir.

Plusieurs mois avaient passé. Pour obtenir l'adresse de Cécile, Marc avait dû se faire violence une dernière fois et rendre à Mathieu Ceystac un énième petit service. Dans un appartement de la rue Saint-Sauveur, dans le 2e arrondissement, il avait fallu récupérer un contrat qu'une jeune innocente avait signé sous influence —

c'était la version de Mathieu, mais là encore, Marc n'avait pas voulu en savoir plus.

Les deux hommes ne se revirent jamais. Et Marc ne sut jamais s'il avait eu affaire à une sorte de Robin des Bois moderne ou à une belle ordure.

Cécile habitait seule, à Sèvres, dans un petit meublé au dernier étage d'une résidence coquette. Marc l'avait guettée, suivie, attendue des heures, plusieurs jours de suite. Le plus souvent, elle était vêtue d'un jean ample et d'un pull en coton noir qui tombait sur ses hanches. Sans maquillage, les mains dans les poches, chaussée de ballerines, elle se promenait dans les environs, le nez en l'air, sans se soucier ni de l'heure ni du temps. Marc l'avait observée longtemps avant de l'aborder. Il avait hésité cent fois à lui parler et cent fois il avait repoussé au lendemain. Un matin, enfin, il réunit ce qui lui restait de courage pour faire semblant de passer là par hasard.

— Cécile ?

— … Marc ? C'est bien vous ? Comment allez-vous ?

Ce *vous* lui serra le cœur.

Il parvint cependant à paraître surpris et rendit grâce au hasard. Il prétexta une intervention dans le coin et coupa son engin sans en descendre.

— Je peux vous attendre dans un café, dit-elle, j'ai tout mon temps.

Marc tourna une bonne demi-heure dans les rues de Sèvres avant de l'y rejoindre.

Il fit la connaissance d'une toute nouvelle Cécile, souriante et fraîche, les traits détendus. Pour la première fois, elle montrait son vrai visage. Elle parlait vite, avec aisance et légèreté, et souriait, heureuse de ces retrouvailles. Sans fournir plus d'explications, elle annonça à Marc qu'un miracle s'était produit dans sa vie, *un miracle,* il n'y avait pas d'autre mot, un événement parfaitement inattendu qu'elle acceptait comme un cadeau du ciel. Elle parla d'une menace qui s'était estompée comme ça, du jour au lendemain.

— Ce serait trop long à vous expliquer…

Elle y avait vu un signe, une chance à saisir. La vie commençait maintenant. Elle allait voyager, travailler, vivre, ne plus avoir peur, apprendre à compter sur elle-même. Elle décrivait sa nouvelle vie avec enthousiasme et parlait même d'avenir.

Il la regardait, émerveillé. Cécile avait su saisir sa chance et s'y cramponner comme au bien le plus précieux.

Et si lui, Marc, avait joué un rôle dans cette métamorphose, c'était elle qui avait fait la plus grande partie du travail.

Elle n'avait plus besoin de lui désormais, ni d'un autre. Elle avait envie de rattraper le temps perdu et de se tenir à l'écoute de ses propres désirs. Profiter d'elle-même comme jamais elle ne l'avait fait.

Marc comprit alors qu'il n'y avait pas de place pour lui auprès de la nouvelle Cécile.

— Et toi, comment tu vas ? On se tutoyait, non… ?

Il joua le brave type, bien installé dans son quotidien, à l'aise dans son travail, et qui n'aspirait à rien de plus qu'à sa part de tranquillité. Il connaissait la partition pour l'avoir jouée tant de fois, jadis.

Cécile ne tenait pas à en savoir plus, la question était de pure politesse. Elle regarda l'heure, laissa son numéro de portable sur une serviette en papier, embrassa Marc sur les deux joues, et lui promit de le rappeler bientôt. Il la vit quitter le café sans se retourner et resta un long moment à sa table, silencieux.

Il attendit une douleur qui, bizarrement, ne vint pas. Puis sortit à son tour.

L'aîné des enfants de Magali s'appelait Alex et avait peur de l'eau. Tom, le petit, avait appris à nager la brasse à l'école mais rêvait de passer d'une nage à l'autre, comme Marc. Il leur donnait des cours deux fois par semaine à la piscine municipale de Massy, dans l'Essonne ; un bassin olympique, un toboggan, et surtout, une « fosse à plonger » avec des plongeoirs de 1, 3, 5 et 10 mètres. Magali passait les chercher en voiture et, c'était le rituel, ils allaient dîner dans un petit chinois près de la maison. Puis ils rentraient.

Après avoir été artisan indépendant, Marc s'était fait embaucher dans une petite entreprise pour s'occuper de tous les travaux d'huisserie, pose de portes, de fenêtres, et bien sûr, de serrures. Il gagnait bien sa vie, travaillait toujours avec la même équipe et ne rentrait jamais après 19 heures.

Il proposa à Magali de l'épouser juste après la naissance de leur enfant. En le voyant pour la première fois, à la maternité, Marc se jura de faire tout ce qui était à sa portée pour reculer le plus possible la fin du monde.

LE CARNET

de Tonino Benacquista
et Tardi

Je ne connais personne qui n'aime pas Tardi. Je ne connais pas un dessinateur qui ne se réclame de lui. Et surtout, je n'imagine pas un seul scénariste qui ne rêve de travailler avec lui. Mais, avant de nous lancer dans l'aventure de ce *Serrurier volant*, nous avons hésité entre plusieurs envies, plusieurs milieux, plusieurs décors. Une chose pourtant nous paraissait acquise : nous allions faire nôtre cette citation du frère de Robert Mitchum : « On ne va quand même pas se laisser emmerder par un fait réel pour raconter une bonne histoire. »

On ne se l'est pas fait dire deux fois.

Tonino Benacquista

Photos : Cyrille Derovineau

Bien sûr qu'on va faire un truc pour Platteau, pour ses petits livres, ses carnets, hein, Tonino ?

Tout d'abord, on a gambergé sur Paris, forcément, sur des endroits qu'on avait vus au cinoche comme la Rue Watt du *Doulos*, évidemment, ou des coins de rue aperçus dans des petits films noirs de notre enfance, par exemple. On avait envie de parler de ça !

J'aurais dessiné et Tonino aurait écrit dans un état second, tant les images fournies par mes soins l'auraient transporté en d'inouïs sommets d'inspiration même pas imaginables !!!

L'entreprise s'avéra trop risquée pour sa santé, aussi laissâmes-nous choir.

Mais Tonino n'est pas le genre de type à se laisser emmerder par une première idée alors qu'il peut très facilement en avoir une deuxième (voire une troisième !).

Notre balade fit place à une autre (balade), celle du *Serrurier volant*. Ce type aurait aussi bien pu être ambulancier ou chauffeur de taxi… Voyez qu'on est cinéphiles, nous autres !

Tardi

L'ATTAQUE   (Vue de haut)

1. LA PERCUSSION

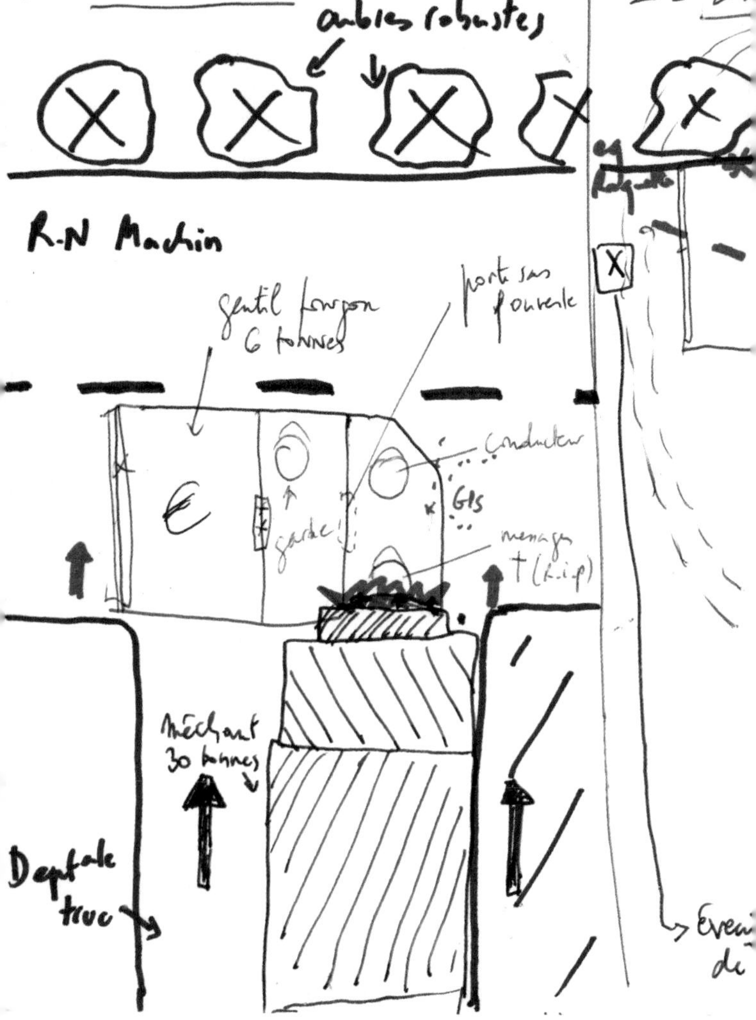

arbres robustes

R-N Machin

gentil bourgeon
6 tonnes

porte sas
s'ouvrir

Conducteur

Gls

garde !

ménages
† (h..i.p)

méchant
30 tonnes

Deptale
truc

2 - L'A

Eveir
de

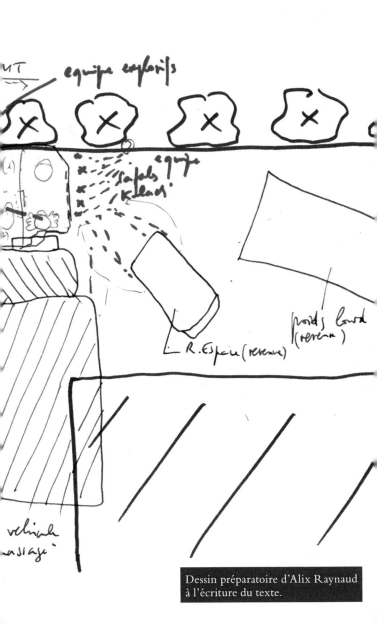

Dessin préparatoire d'Alix Raynaud
à l'écriture du texte.

Toujours sans y croire, il avait passé la visite médicale puis l'entretien psychologique et ses tests, et à nouveau, presque malgré lui, on l'avait déclaré apte à exercer le job. Marc entra dans un nouvel univers à la première séance de tir. Il s'agissait là de juger du rapport du postulant à son arme, et de sa capacité à s'en servir. En la saisissant dans sa paume, il avait senti bien plus d'attirance que de répulsion.

Après avoir obtenu l'agrément de la préfecture, il avait suivi une formation de deux semaines. On l'avait informé sur les risques du métier, on lui avait passé des films de simulations

d'attaques de fourgons, on lui avait expliqué comment répondre aux agressions, aux insultes, on lui avait appris à marcher, l'air dégagé, sur un trottoir, et surtout, on lui avait défini très exactement les limites de l'article 328 du code Pénal qui habilitait le convoyeur à riposter en cas de légitime défense.

Il attendit de signer son contrat d'embauche par la société Transval avant d'en parler à Titus et Magali.

– Convoyeur, toi ?

– Le type en marron qui garnit les distributeurs automatiques ? L'air parano et la main sur le flingue ?

– Pas exactement. Comme je suis le plus jeune embauché, je sers de couverture à celui qui est en charge des fonds, pendant que le conducteur nous attend dans le fourgon.

Croquis, mise à l'encre, coloriage et conversion en sépia.

Le mot de l'éditeur

C'était au temps où les «Carnets Littéraires» n'étaient encore que des maquettes composées de pages montées à partir de textes de Francis Dannemark et d'illustrations d'Éric Lambé. La couverture avait déjà son fond toilé et l'ouvrage arborait aussi les rondeurs de ses coins. L'épaisseur du livre était rendue par un bloc de pages en frigolite.

Ces maquettes soignées avaient été présentées à quelques libraires pour évaluer la perception de la future collection. Régine Vandamme et moi les présentions aussi à certains auteurs pour recueillir leurs avis et les solliciter, s'ils manifestaient quelque intérêt.

C'est ainsi qu'en octobre 2004 je rencontrai Tonino Benacquista, chez lui à Paris. Dans d'autres vies éditoriales, j'avais eu le plaisir de l'éditer[1]. Deux canapés recouverts de housses écrues se faisaient face, séparés par une table basse. Pièce dépouillée avec parquet. J'ai déployé les maquettes sur la table basse, expliqué la démarche éditoriale : associer un écrivain à un illustrateur ou un photographe pour créer un récit. Tonino assis sur le rebord du canapé, penché vers les maquettes, attentif, murmurait : «Pas mal, pas mal!»

À la question de se lancer éventuellement dans la création d'un «Carnet Littéraire», il n'a pas dit non, mais un oui quoique hésitant et interrogatif. À la question lui demandant avec qui il aimerait concevoir ce «Carnet Littéraire», il m'a longuement regardé en silence avant de me dire : «J'ai une idée, mais c'est impossible, impensable.»

Respectant son silence j'attendis patiemment un nom.
«Tardi.»
Se reprenant aussitôt, il déclara : «C'est impensable. Il est sûrement surchargé.» Je sortis la phrase calibrée pour la circonstance : «Ça ne coûte rien de demander!»

Tonino connaissait mes longues relations professionnelles avec Tardi doublées de relations amicales. Cette complicité remontait à 1975 avec le lancement d'Adèle Blanc-Sec et l'aventure du magazine *(À Suivre)*. Ce qu'il ne savait pas, c'est que je le rencontrais le soir même.

Chez Tardi, une fois la porte métallique d'entrée franchie, je suivis le cours des couloirs et escaliers menant à son atelier. Inévitablement, c'est à sa table à dessin que je le trouvai, penché sur une planche de l'adaptation en bande dessinée du *Cri du peuple* de Vautrin.

Comme chez Tonino, j'ai déployé les maquettes, expliqué la démarche. Il a rapidement marqué son adhésion au concept et à la question du partenariat avec un écrivain, il a réfléchi, cité l'un ou l'autre nom, puis a dit : « Ah, il y en a un… Ça pourrait être bien… Il faudrait que ce soit glauque … Benacquista. »

Incroyable mais vrai, à quelques heures d'intervalle, ils se choisissaient mutuellement !

Ensuite, bien plus tard — en raison de leurs nombreux engagements — il y eut la rencontre. Ils ont parlé cinéma — une passion commune — puis Tonino a fait parler Tardi de Paris, des lieux particuliers, des images qu'il aurait envie de dessiner. Lors d'une deuxième rencontre, bien plus tard encore, Tonino a parlé d'une idée, qu'il avait eue avec Jacques Audiard, qui irait bien à Tardi. Mais il ne voulait rien en dire. Il la développait. Ce n'était pas encore au point.

Attente.

Et enfin le manuscrit fut envoyé à Tardi puis à nous. *Le serrurier volant* prenait la route.

Tardi est un maître du découpage. Il me demanda le texte composé et calibré au millimètre ainsi que des maquettes blanches d'un « Carnet Littéraire ». Créatif autant que méticuleux, il « monta » *Le serrurier volant* y insérant croquis et esquisses, cherchant les meilleures interactivité et lisibilité.

Ce livre unique, Tonino, Régine et moi le feuilletâmes avec émerveillement, un midi, Chez Fernand, une brasserie sur le Boulevard Montparnasse.

Puis, Tardi se lança dans le dessin et la couleur.

Toutefois, une illustration dans des tonalités sépia, suspendue à un mur de son atelier, allait modifier le choix final des couleurs. Un personnage à chapeau melon, sorte d'*Ici-Même*[2], marchait sous une pluie battante dans une rue sombre. La sépia exprimait la tristesse et la mélancolie en même temps qu'une intensité dramatique qui conviendrait aussi au *Serrurier volant*. Michel Bareau, directeur artistique des «CL», prit en charge le traitement de cette conversion et procéda à des tests d'intensité.

Enfin, on entérina le choix de la couverture en retenant un jaune Pantone type Kodak, en fait, la couleur de la tenue de travail du Serrurier telle qu'imaginée par Tardi.

Cyrille Derouineau, photographe, auteur d'un «Carnet Littéraire»[3], prit les auteurs en photo pour le présent Carnet des auteurs.

Le 16e «Carnet Littéraire» était *bouclé*.

Didier Platteau
Éditions Estuaire, 2006

---

1. *La Boîte noire* — dessins de Jacques Ferrandez, Casterman.
   L'Outremangeur — dessins de Jacques Ferrrandez, Gallimard/Futuropolis.
2. *Ici-Même*, Forest — Tardi, Casterman.
3. Coauteur de *Corps de ballet*, texte de Michel Quint, «CL» 14, Estuaire.